Guido Kasmann

Das Schweigen des Grafen

Ein Kinderroman

Für Anna und Jan, meine Kinder

BVK Buch Verlag Kempen

Im BVK Buch Verlag Kempen sind weitere **Bücher** von
Guido Kasmann erschienen:

Fantastische Zauberwelten:
- **„Der schwarze Nebel"** (Best.-Nr. LI38, ISBN 978-3-86740-155-5)
- **„Der Fluch des Bergzauberers"** (Best.-Nr. LI52, ISBN 978-3-86740-245-3)
- **„Der Angriff der Dunkelelfen"** (Best.-Nr. LI59, ISBN 978-3-86740-315-3)

Kathi und Gregor:
- **„Appetit auf Blutorangen"** (Best.-Nr. LI01, ISBN 978-3-936577-56-3)

Weitere Bücher von Guido Kasmann:
- **„Hexenmüll"** (Best.-Nr. LI15, ISBN 978-3-936577-88-4)
- **„Die Osterschildkröte"** (Best.-Nr. LI20, ISBN 978-3-86740-027-5)
- **„Kein Raumschiff im Schrank"** (Best.-Nr. LI27, ISBN 978-3-938458-83-9)

Bibliografische Information Der Deutschen Bibliothek
Die Deutsche Bibliothek verzeichnet diese Publikation in der Deutschen Nationalbibliografie; detaillierte bibliografische Daten sind im Internet über http://dnb.ddb.de abrufbar.

www.buchverlagkempen.de

3. Auflage, Kempen 2011

Nach der neuen deutschen Rechtschreibung

Lektorat: Sandy van der Gieth, BVK
Umschlaggestaltung: Daniela Heirich, BVK, unter Verwendung der Illustrationen von Peter Schnellhardt, Bad Rodach und Daniela Heirich, Oberhausen (nach einer Vorlage von Gundra Kucy)
Gestaltung: Christine Anuschewski, BVK
Illustrationen: Gundra Kucy, Edmonton, Kanada
Druck / Bindung: GrafikMediaProduktionsmanagement, D-Köln

Printed in Europe

Best.-Nr.: LI14, ISBN 978-3-936577-85-3

Das solltest du lesen, wenn du das Buch „Appetit auf Blutorangen“ nicht kennst …

„Appetit auf Blutorangen“ heißt mein erstes Buch für Kinder, in dem ich erzähle, wie Kathi das kleine Gespenst Gregor von Gutenbrink in einer Geisterbahn kennenlernt. Es hat die besondere Fähigkeit, Stimmen nachahmen zu können. Die beiden freunden sich an und das kleine Gespenst lebt bei Kathi im Zimmer. Irgendwann weiht Kathi auch ihren Freund Thorsten in das Geheimnis um ihren heimlichen Gast ein.
Sie erleben gemeinsam Abenteuer, doch Gregor sehnt sich nach einem Zuhause, das für Gespenster besser geeignet ist als ein Kinderzimmer. Und so finden Kathi und Thorsten für Gregor ein neues Zuhause in einem Burgmuseum.

Dort beginnt das neue Abenteuer mit Gregor, dem kleinen Gespenst, und Kathi.

Weitere wichtige Figuren aus meinem ersten Roman, die du in diesem Buch wieder treffen wirst, sind:

Tina, Kathis beste Freundin
Bernd, Kathis Lieblingsonkel
Mona, seine nervige Freundin
Herr Sennefeld, Kathis Klassenlehrer
und andere …

1. Kapitel

Wilhelm von Wiesenfeld

Das kleine Gespenst Gregor von Gutenbrink aus dem Hause derer von Niederfahrenhorst auf Burg Kummerschreck liebte es, nachts durch die leeren, schwach beleuchteten Gänge des Schlossmuseums zu schweben. Dann musste er sich nicht vor den Besuchern verstecken, die die Gemälde von alten Rittern und Fürsten anschauten oder staunend die mittelalterlichen Waffen betrachteten.

Gregor von Gutenbrink genoss die Stille der Nacht, wie er sie schon damals auf der Kirmesgeisterbahn geliebt hatte. Welch ein Glück, dass seine Freunde Kathi und Thorsten für ihn dieses neue Zuhause hier in dem Schlossmuseum gefunden hatten. Oft dachte er an die beiden und fragte sich, wie es ihnen wohl ging. Und da war ja noch diese kreischende laute Mona, die Freundin von Kathis Onkel Bernd.

Gregor schwebte eine breite Treppe hinab in die unteren Räume, in denen die Folterkammern lagen. Vorbei an Streckbänken und Daumenschrauben führte ihn sein Rundflug in die Ahnengalerie der Schlossbesitzer. Riesige Gemälde zeigten ernst dreinblickende Männer in Röcken und mit Schuhen, an denen weiße Schleifchen baumelten. Einige stützten sich auf Stöcke mit silberverzierten Knäufen. Sie alle schauten an Gregor vorbei ins Leere. Wirklich alle? Nein, einer schien Gregor zu

bemerken. Er trug einen schwarzen Hut, der aussah wie ein quer auf den Kopf gestülptes Papierschiffchen. Auf seiner dunklen Jacke blinkten goldene Knöpfe und seine Brust war gespickt mit Orden und Medaillen. Die

linke Hand hielt den mit Troddeln verzierten Griff seines Degens umfasst. Sein Name war Graf Wilhelm von Wiesenfeld der Dritte aus dem Hause derer von Niederfahrenhorst auf Schloss Pappenstiel. „Hochverehrter Graf, ich hoffe, Sie hatten einen unterhaltsamen Tag", sagte Gregor und vollführte einen eleganten Hofknicks. Doch Graf von Wiesenfeld konnte den Gruß nicht erwidern, denn der alte Mann war zum Schweigen verdammt. Ein Fluch böser Moorgespenster hatte ihn vor vielen Jahren getroffen und sein Schicksal war es, in diesem Bild eingeschlossen zu sein, bis ihn einmal jemand befreien würde. Aber Graf Wilhelm hatte kaum noch Hoffnung auf Rettung. Zu lange wartete er schon darauf, dass ihn endlich ein Besucher aus dem goldenen Rahmen seines Gefängnisses befreite … Auch Gregor konnte ihm nicht helfen, denn nur ein Mensch – genauer gesagt eine Frau – konnte ihn erlösen.
„Armer Graf", dachte Gregor mitfühlend und winkte ihm noch ein letztes Mal zu, bevor er um die nächste Ecke verschwand. Als er in den Raum mit den Ritterrüstungen schwebte, durchbrach ein schepperndes Geräusch die gespenstische Stille des verlassenen Gemäuers. Gregor hielt überrascht inne. Was war das? Es klang wie das Klirren von Glas. Da musste er doch einmal nachsehen. Schnell schwebte er in die Richtung, aus der er das Geräusch vernommen hatte.

2.
Kapitel

Ohne Socken und Gameboy

Kathi Schroeren stand an der Treppe vor ihrem Zimmer und brüllte hinunter: „Ich hab' keine Socken mehr! Mama, wie soll ich ohne Socken auf Klassenfahrt fahren? Mama!"

Die Küchentür öffnete sich und Kathis Mutter zeigte sich am Treppenaufgang. „Kathi", sagte sie mit einem leicht vorwurfsvollen Unterton, „ihr fahrt erst nächste Woche!"

„Tina und Thorsten haben auch schon gepackt!", gab Kathi trotzig zurück.

„Woher willst du das wissen?"

„Ich weiß es eben!" Kathi ging wieder in ihr Zimmer und tauschte zum unzähligsten Mal die T-Shirts und Hosen aus, die sie mitnehmen wollte. Vielleicht nahm sie doch besser das grüne Oberteil mit dem Glitter vorne drauf mit? Mmh. Und welche Hose? Sie packte die gelbe wieder in den Schrank und legte die blaue Jeans in die Reisetasche. Aber genau so eine hatte auch Markus, der frechste Junge in ihrer Klasse. Egal, Markus konnte ihr egal sein.

Kathi wog ihren Gameboy nachdenklich in der Hand. Herr Sennefeld – ihr Lehrer – hatte Gameboys auf der Reise nicht erlaubt. Sie sollten sich England anschauen und nicht dauernd auf einen kleinen Bildschirm starren, der die ganze Zeit auch noch nervig piepte. Ihre Eltern hätten ihr ohnehin verboten, den Gameboy mitzunehmen. In solchen Dingen waren sich die Erwachsenen immer einig. Der Einzige, der nichts gegen Gameboys hatte, war Bernd, ihr Lieblingsonkel. Schade, dass der nicht ihr Lehrer war. Gelernt hätten sie in der Schule sicherlich nichts. Aber jede Menge Spaß hätten sie gehabt. Es sei denn, Bernd hätte seine Freundin Mona mitgebracht. Die hätte mit ihnen einen Schminkkurs gemacht, bis ihnen die Creme aus den Ohren geschwappt wäre. Kurz entschlossen sprang Kathi die Treppe hinunter und wählte Bernds Nummer.

„Hier bei Becker", meldete sich Monas Stimme. Sie war also nicht im Badezimmer, um sich zurechtzumachen. „Was für ein Wunder!", dachte Kathi und sagte: „Ich muss ganz dringend Bernd sprechen!"
„Was ist denn so dringend? Bernd schaut ein Fußballspiel."
„Es geht um Leben oder Tod! Nun mach schon, Mona!"
„Ist schon wieder Kirmes?", fragte Mona und ihre Stimme wurde um einige Grade keifender.
„Kirmes?" Kathi verdrehte die Augen. „Nein, es geht um die Klassenfahrt. Nun mach endlich!"
Kathi konnte hören, wie Mona zu Bernd sagte: „Deine nervige Nichte ist am Telefon. Es ist natürlich wahnsinnig dringend. Aber lass dir gesagt sein: Ich habe heute keine Lust auf irgendeine Kinderbelustigung!"

Pfeifend hörte sie Bernd näher kommen. „Halli hallo! Wie geht's? Schon gepackt für die Klassenfahrt?"
„Jetzt schon? Wir fahren doch erst nächste Woche! Bernd, ich habe ein Problem! Wir dürfen keinen Gameboy mitnehmen auf die Klassenfahrt. Ist das nicht blöd? Ich bin im 6. Level und habe gerade Energie getankt. Bis nächste Woche komme ich nicht durch das ganze Spiel, obwohl es so spannend ist. Aber wenn ich ohne Gameboy fahre, dann dauert es ja ewig, bis ich weitermachen kann."
„Au, ihr habt aber einen strengen Lehrer! Kannst du das Ding nicht heimlich mitschmuggeln?"
„Gute Idee! Hab' ich auch schon dran gedacht. Aber wenn Herr Sennefeld mich erwischt, nimmt er mir das Spiel ab und sagt es Mama. Und du weißt doch, dass sie als Begleiterin mitfährt! Schlimm genug, da bin ich dauernd unter ihrer Kontrolle und muss mich benehmen!"
„Du bist nicht zu beneiden, Kathi. Aber ich hab' eine Idee! Du gibst mir den Gameboy und ich versuche in der Zwischenzeit, das Spiel zu beenden. Und wenn du zurückkommst, sage ich dir, wie ich es geschafft habe."
„Genial, Bernd!" Kathi verdrehte die Augen. „Es war eine Schnapsidee, dich anzurufen. Hast du denn schon gepackt? Ihr fahrt doch auch bald."
„Wir fliegen, Kathi, wir fliegen! Vielleicht aber auch nicht, denn Mona kann sich nicht entscheiden, welche Klamotten sie mitnehmen will …"

Oh Gott, ihr ging es also wie Mona, dachte Kathi entsetzt. „Was trägt man denn im Dschungel von Afrika?“, fragte Kathi neugierig.
„Fast nichts.“ Bernd lachte schallend und ergänzte: „Weil es so heiß ist.“
Kathi wollte vor Neid schier zerplatzen. Ihr Lieblingsonkel flog mit dieser Ziege von Mona nach Afrika und sie schaffte es nur bis London. Sollte doch Mona mit Herrn Sennefeld und ihrer Mutter nach England fahren und sie jagte mit Bernd Giftschlangen im Urwald.
„Ist denn bei all den Tübchen und Cremes überhaupt noch Platz für eine Unterhose in Monas Koffer?“, fragte Kathi spitz.
Statt einer Antwort schrie Bernd ins Telefon: „Verdammter Mist!“
„Was ist los, Bernd?“, schrie Kathi zurück.
„Schalke hat ein Tor kassiert! Au Mann!“

Kathi verdrehte die Augen. Sicher hatte Bernd während des gesamten Telefonats auf den Fernseher gestarrt, um nur ja nichts von dem Fußballspiel zu verpassen. Bernd würde gut zu Markus passen, diesem Oberblödmann aus ihrer Klasse, den ausschließlich Fußball interessierte. Ein Glück, dass es auch noch Jungs wie Thorsten gab, mit denen man vernünftig reden konnte.

Plötzlich hörte Kathi aus der Küche einen Schrei und dann einen dumpfen Schlag. Kathi zuckte zusammen. Dann rief sie: „Mama, was ist?“
„Schrei mir doch nicht ins Ohr!“, brüllte Bernd.
„Irgendwas ist mit Mama!“, sagte Kathi schnell. „Ich muss Schluss machen!“ Ohne eine Antwort abzuwarten, legte sie den Hörer auf und raste in die Küche.

Einbrecher mit Gefühl

Das Geräusch hallte in dem Gemäuer nach und Gregor von Gutenbrink sauste ihm entgegen. Das Scheppern musste aus dem Eingangsbereich des Museums kommen.
„Ha!“, dachte Gregor. „Einbrecher! Diebe! Denen werde ich es zeigen.“ Vorsichtig lugte er um die Ecke in den Verkaufsraum und sah zwei Gestalten, die sich laut stritten.
„Wir müssen erst einmal die ganzen Splitter aufkehren!“, sagte der größere von beiden.
„Bist du verrückt? Ich bin ein furchtloser Einbrecher! Ich mache hier doch nicht sauber!“, entgegnete der Kleine.
„Kalli, das ist nicht nett! Dann müssen das morgen die Putzfrauen machen.“
„Nenn mich nicht Kalli! Ich heiße Kalligulla, Meisterdieb aus Mülfort!“

Das sollten Diebe sein? Die sich lautstark zankten, anstatt zu stehlen? Sie trugen beide schwarze Sachen, die dem Großen allerdings etwas zu klein und dem Kleinen etwas zu groß waren.
Gregor huschte blitzschnell hinter die Ecke, denn die beiden hatten ihren Streit unterbrochen und kamen auf den Gang zu, hinter dem er lauerte. „Was hatten die bei-

den nur vor?“, fragte sich Gregor, während er sie beobachtete. Vielleicht konnte er sie in die Flucht schlagen?
„Wir müssen hier lang, Mäggi!“, sagte der Kleine mit dem Namen Kalligulla.
„Mäggi? Aha“, dachte Gregor, „der große Dieb ist eine Diebin.“
„Nein, schau doch auf den Plan!“ Mäggi schlug auf ein Blatt Papier, das sie in der Hand hielt. „Hier geht es lang!“
„Ich bin ein Meisterdieb. Ich schaue nicht auf Pläne und habe ein Gespür für den richtigen Weg!“ Kalligulla streckte die Brust heraus und tippte sich mit dem Finger darauf. „Geh du doch nach dem Plan und ich gehe den Weg, den ich fühle!“

„Einen Weg fühlen! Wer hat je einen solchen Blödsinn gehört?“ Mäggi schüttelte den Kopf. „Ich gehe jedenfalls hier lang!“ Sie drehte den Plan auf den Kopf, zeigte mit dem Finger in einen Gang, nickte

und marschierte los. Kalligulla schritt, immer noch mit hochgerecktem Kinn, in die entgegengesetzte Richtung.
Die beiden trennten sich tatsächlich. Gregor konnte es nicht glauben. Er beschloss, sie nach typischer Geisterart zu vertreiben und folgte Mäggi vorsichtig durch den dämmrigen Gang. Als er nur noch wenige Meter hinter ihr war, machte er: „Buhuu, ich bin das Schlossgespenst!"
Die Reaktion von Mäggi erstaunte ihn: „Kalligulla, lass den Blödsinn! Du glaubst doch nicht, dass du mich mit so einem Kinderkram erschrecken kannst!"
„Sie dreht sich noch nicht einmal um", wunderte sich Gregor. Er gab sich ein bisschen mehr Mühe und ließ seine Stimme durch den Gang hallen: „Haha! Ich nehme dich mit auf mein Schloss und da musst du den Rest deines Lebens für alle Gespenster Blutorangen schälen!"
„Hör endlich auf mit diesen Albernheiten! Du willst doch ein Meisterdieb sein, oder nicht?" Mäggi kam wieder an eine Stelle, an der sich die Gänge gabelten, und schaute auf ihren Plan. „Und außerdem", sagte sie, während sie stirnrunzelnd die Zeichnungen darauf betrachtete, „was sollen Gespenster mit Blutorangen?"
„Essen natürlich", dachte Gregor, „was sonst?" Die meisten Menschen hatten einfach keine Ahnung von Gespenstern. Wenn die Diebin so schwer zu erschrecken war, dann wollte er es einmal bei dem Mann versuchen.

Schließlich verfügte Gregor ja noch über eine ganz besondere Fähigkeit, die ihm schon viel Spaß eingebracht hatte: Er konnte Stimmen von Menschen und Tieren nachahmen. Er suchte in den Gängen nach Kalligulla, dem Meisterdieb aus Mülfort, und hatte ihn auch schon bald gefunden. Unbemerkt näherte er sich von hinten und sagte mit der Stimme von Mäggi: „Du hattest Recht! Mein Weg war der falsche! Ich sollte mehr auf dein Gefühl achten!“
Ohne sich umzudrehen, antwortete Kalligulla: „Gut, dass du das endlich einsiehst! Aber andererseits“, er schluckte, „ich bin mir meines Gefühls auch nicht mehr so ganz sicher. Vielleicht sollten wir doch einmal auf den Plan schauen.“
„Das darf doch nicht wahr sein“, dachte Gregor und fasste sich an die Stirn. Aber so leicht ließ sich Gregor von Gutenbrink nicht abwimmeln. Wieder sagte er mit Mäggis Stimme: „Ich hab den Plan verloren!“
Kalligulla schnaufte hörbar. „Und wie sollen wir es jetzt finden?“
„Wir warten einfach, bis dein Gefühl wiederkommt!“
„Mach dich nicht lustig über mich, den Meister …“
Da vernahm Gregor die echte Stimme von Mäggi weiter vorne im Gang: „Wo bist du? Ich hab’ es!“
Kalligulla erstarrte und Gregor huschte in Deckung. Kalligulla drehte sich blitzschnell herum, weil er nicht glauben konnte, dass seine Komplizin so schnell von einem Ort zum anderen gekommen sein sollte. Kalligulla

erreichte Mäggi, die vor der Gemäldegalerie stand.
„Wieso bist du schon hier?“, fragte er verstört und schaute sich noch einmal um.
„Ich habe den Plan benutzt und mich nicht auf mein Gefühl verlassen!“, entgegnete Mäggi spitz.
„Du hast doch gesagt, du hättest ihn verloren!“
„Quatsch! Darf ich dich daran erinnern, warum wir hier sind?“, fragte Mäggi und wies mit dem Kinn auf ein Gemälde vor ihnen. Kalligulla las die Beschriftung unterhalb des Bildes und nickte: „Graf Wilhelm von Wiesenfeld der Dritte aus dem Hause derer von Niederfahrenhorst auf Schloss Pappenstiel. Das ist er! Runter mit ihm!“
Gregor lugte um die Ecke. Das war ja unglaublich! Die wollten den alten Willi stehlen! Aber wieso?
„Wenn wir den unserem Auftraggeber gebracht haben, dann winkt uns eine schöne Stange Geld“, sagte Kalligulla und nahm das Bild vom Haken. Es war nicht mit einer Alarmanlage gesichert, weil es nicht als besonders wertvoll galt. Gregor fragte sich, wer wohl dieser geheimnisvolle Auftraggeber war, der unbedingt Wilhelms Bild haben wollte. Seine Neugierde war geweckt.
Und er durfte den armen Wilhelm von Wiesenfeld nicht im Stich lassen. Sicher kam er in seinem Bild fast um vor Angst.

4. Kapitel

Besuch vom Onkel Doktor

Mama saß auf dem Küchenboden, zu ihren Füßen lag die Küchenleiter, daneben ein Eimer in einer schaumigen Wasserlache. Die Türen des großen Vorratsschrankes standen offen. Kathis Mutter hielt mit beiden Händen ihren linken Fußknöchel fest. Sie hatte ihre Augen zugekniffen und es sah aus, als müsste sie jeden Moment weinen.
„Mama!", sagte Kathi nur, stürzte auf ihre Mutter zu und versuchte, sie an der Schulter hochzuziehen. „Komm, ich helfe dir auf."
Ihre Mutter zog sich an der Tischplatte hoch.

Kathi stützte sie, während sie vorsichtig zum Küchenstuhl hinkte.
„Soll ich Papa anrufen?", fragte Kathi besorgt.
Ihre Mutter schüttelte den Kopf. „Der ist doch auf einer Tagung in Kaiserslautern." Sie rieb sich den Knöchel mit den Händen. „Das wird schon wieder …"
Kathi schlug vor, Bernd anzurufen. Mama nickte nur.
Kathi stürzte ans Telefon. Wieder war Mona dran.
„Gib mir schnell mal Bernd, es ist was Schlimmes passiert!", schrie Kathi.
„Geht es wieder um Leben oder Tod?", fragte Mona mit einem ironischen Unterton. „Du hast dir einen Mückenstich aufgekratzt und musst es Bernd unbedingt erzählen, stimmt's?"
„Mach bitte schnell!", flehte Kathi. „Mama kann nicht laufen und sie hat Schmerzen."
„Oje! Bernd ist unter der Dusche. Moment, ich hol' ihn."
Eine Minute später war ihr Onkel am Apparat. „Kathi, was ist los?"
„Mama ist von der Leiter gefallen und jetzt kann sie auf dem einen Bein nicht mehr laufen."
„Ich komme sofort. Zwanzig Minuten, dann bin ich da."
Kurze Zeit später hörte man quietschende Reifen vor dem Haus. Dann stand Bernd auch schon in der Tür, hinter ihm Mona.
„Dr. Becker! Sie hatten mich gerufen?"

„Ich bin so froh, dass Sie so schnell kommen konnten, Herr Doktor!“, erwiderte Kathi.
„Ich habe auch meine Assistentin, Fräulein Mona, mitgebracht.“
Bernd und Mona waren jetzt schon ganz schön lange zusammen. Früher hätte sich Bernd oft kaum die Namen seiner Freundinnen merken können, weil er sie so schnell wechselte, frotzelte Kathis Mutter gerne. Kathi verstand immer noch nicht, wieso Bernd ausgerechnet Mona so nett fand. Für Kathi war sie schlicht eine blöde Ziege, aber das sagte sie Bernd nicht, weil sie sehen konnte, wie verknallt er in Mona war.
„Na, wo haben wir denn die Patientin?“, fragte Bernd, während er die Küche betrat.
„Ach, mein kleiner Bruder! Hallo! Ist das nicht ein Mist?“, stöhnte Kathis Mutter und machte ein klägliches Gesicht.
„Wie ist denn das passiert?“, fragte Bernd.
„Ich wollte die oberen Regale im Schrank auswaschen und da ist plötzlich die Leiter umgekippt. Ich kann gar nicht mehr auftreten.“
„So was hätte mir nicht passieren können“, sagte Bernd und setzte sich auf einen Stuhl.

„Du bist ein kleiner Supersportler!“, sagte Mona spitz. „Du hättest dich am Schrank hinaufgehangelt, dabei wie Tarzan geschrien und wärst mit einem Salto wieder auf den Füßen gelandet.“

„Falsch! Ich wasche keine Schränke aus, erst recht nicht, wenn ich eine Leiter dazu brauche, denn das bedeutet ja, dass keiner sehen kann, ob es da oben dreckig ist.“ Bernd grinste vielsagend.

„Dann musst du aber denken, dass dich nur Zwerge besuchen kommen, denn du machst eigentlich nirgendwo sauber.“ Mona hielt den Kopf schief und zog die Augenbrauen hoch, während sie Bernd anschaute.

Der sagte: „Schwester Mona, die Patientin hat große Schmerzen. Bitte holen Sie die Säge!“ Und zu Kathis Mutter: „Kleiner Scherz. Wir müssen dich zum Arzt bringen. Das muss geröntgt werden.“

Sie luden Kathis Mutter vorsichtig in Bernds Auto und fuhren sie zum Arzt. Als sie die Praxis wieder verließen, trug sie einen Gipsverband am Fuß. Der Knöchel war gebrochen. Sie riefen dann doch noch Papa in Kaiserslautern an. Der versprach, sofort zu kommen.

Kathi fiel die Klassenfahrt ein. Auweia! Mama konnte auf keinen Fall mitfahren. Der Vorteil war: Sie musste sich auf der Reise nicht so furchtbar gut benehmen. Aber wer würde nun mitfahren? Mama musste unbedingt Herrn Sennefeld, ihren Lehrer, anrufen. Na, der würde sicher nicht gerade in Jubel ausbrechen.

5.

Kapitel

Das Afrika-Problem

Kathis Mutter legte seufzend den Hörer auf. „Herr Sennefeld hat leider keine Ahnung, wen er nun als Begleitung mitnehmen soll."

Sie saßen gemeinsam im Wohnzimmer. Kathis Mutter hatte das Gipsbein auf einen Hocker gelegt.

„Und was wird Herr Sennefeld nun machen?", fragte Bernd.

Kathis Mutter zuckte mit den Schultern. „Ich war die einzige Mutter, die bereit war mitzufahren. Aber er braucht natürlich eine Begleitperson."

Kathi schaute ihren Onkel an. „Fahr du doch mit, Bernd! Das wäre sowieso der Knüller!"

„Danke!", sagte Kathis Mutter zu ihrer Tochter. „Ich weiß, dass du ganz froh bist, dass ich jetzt auf der Klassenfahrt kein Auge mehr auf dich haben kann."

„Ach", stöhnte Kathi. „So hab' ich das nicht gemeint."

„Ich fliege doch mit Mona nach Afrika. Wie soll ich da mit auf Klassenfahrt fahren?" Bernd schaute Kathi an. „Obwohl – das wär' schon ein Spaß!" Er wandte sich an Mona. „Findest du nicht auch?"

Mona machte große Augen. „Was soll daran toll sein, mit einer Horde pubertierender Kinder durch die Gegend zu ziehen, die immer nur herumgrölen und schreien und sich danebenbenehmen?"

„Wenn hier einer immer herumschreit, dann bist du

das!", dachte Kathi, sagte aber lieber nichts.
„Und nach Afrika zu fliegen, war auch eine Schnapsidee", sagte Mona.
„Ach, nun hör doch auf!", schimpfte Bernd.
„Hast du Angst vor den Ameisen?", fragte Kathi und kassierte einen vorwurfsvollen Blick ihrer Mutter.
„Sie hat Flugangst", erklärte Bernd und man konnte ihm deutlich ansehen, dass er genervt war.
„Flugangst ist eine Krankheit, Bernd. Das kann man nicht einfach abtun", sagte Mona.
„Ich tue das nicht ab. Aber ich hab' langsam den Eindruck, dass du die Reise gar nicht machen willst." Er holte tief Luft. „Und ich hab' mich wahnsinnig darauf gefreut."
Bernd und Mona stritten sich in letzter Zeit dauernd wegen der Afrikareise.
„Kann man denn jetzt überhaupt noch zurücktreten von der Reise?", fragte Kathis Mutter dazwischen.
„Kann man, aber man muss was bezahlen. Das ist gar nicht das Problem", schimpfte Bernd und stellte den Zuckertopf, aus dem er sich Zucker in den Kaffee gelöffelt hatte, ein bisschen zu hart auf den Tisch. „Erst hatte Mona Bedenken wegen der Insekten, die Krankheiten übertragen, dann hatte sie Angst vor den Impfungen, die man braucht, wenn man nach Afrika will, und nun hat sie Flugangst."
Monas Augen wurden zu Schlitzen. „Das ist dermaßen gemein, so etwas zu behaupten. Du nimmst mich nicht

ernst! Du willst nach Afrika und ich muss irgendwie mit. Du willst gar nicht wissen, ob ich das auch will."
Bernd hob ruckartig den Kopf und schaute Mona an. „Du behauptest also, nur ich wolle nach Afrika und ich hätte dich überredet?"
„Wessen Idee war es denn, in Afrika Ferien zu machen? Meine ja wohl nicht."
„Du hättest jederzeit sagen können, dass du nicht mitwillst." Bernd fuchtelte mit den Händen in der Luft herum, als wolle er Mücken verscheuchen. „Oder meinst du, ich hätte dich geschlagen, wenn du gesagt hättest, dass du nicht mitwillst?"
„Bernd, werde nicht unsachlich!", mischte sich Kathis Mutter ein. „Vielleicht habt ihr nie offen darüber geredet."
„Quatsch!", sagte Bernd nur.
Mona schnaufte laut hörbar.
Kathi war auf jeden Fall auf Bernds Seite. Sie wäre jederzeit mit ihrem Onkel nach Afrika gereist. Aber Bernd hatte sie noch für zu jung befunden und vertröstet. Sie fuhr ja nach England, hatte er gemeint, und das würde sicher auch sehr lustig werden. Klar, sie hatte sich schon mit Thorsten, Jan und Tina in ihrem Jugendherbergszimmer zu einer Chipsparty verabredet.
„Du kannst ja alleine fliegen", sagte Mona.
„Allein macht es keinen richtigen Spaß", maulte Bernd und hörte sich an wie ein kleiner Junge.
„Dann musst du eben aushalten, dass ich Angst habe."

Mona schaute Bernd beleidigt an, der aber auf irgendeine Stelle zwischen Wand und Fernseher starrte.
Das Telefon klingelte. Weil Bernd und Mona sich stritten und Kathis Mutter nicht so schnell aufstehen konnte, ging Kathi dran. „Kathi Schroeren!“
„Hallo Kathi! Hier ist Herr Sennefeld, dein Lehrer.“
„Ich weiß, dass Sie mein Lehrer sind“, entgegnete Kathi und hoffte im gleichen Moment, dass es nicht zu frech geklungen hatte. Herr Sennefeld sagte aber nur:
„Was für ein Glück, dass du das nicht von einem Tag auf den anderen vergisst. Ist deine Mutter da?“
„Ja!“, antwortete Kathi. „Aber sie kommt nicht so gut von der Stelle mit dem Gipsfuß. Soll ich ihr was ausrichten?“
„Hm“, machte Herr Sennefeld. „Ich wollte deine Mutter fragen, ob sie nicht versuchen könnte, jemanden von den anderen Eltern zu überzeugen mitzufahren. Ich habe jetzt schon einige angerufen, aber die können oder wollen alle nicht.“ Herr Sennefeld klang verzweifelt.
Kathi überlegte, schaute zum Sofa hinüber, wo sich Mona und Bernd immer noch stritten, und dann fasste sie sich ein Herz. „Ich hätte da vielleicht eine Lösung.“
„Du?“, fragte Herr Sennefeld irritiert. Kathi drehte sich mit dem Hörer von den anderen im Wohnzimmer weg und sagte ein bisschen leiser: „Mein Onkel könnte mitfahren.“
„Dein Onkel?“ Herr Sennefeld war sehr überrascht. „Hat er das vorgeschlagen?“

„Das kann man so nicht sagen“, meinte Kathi ausweichend.

„Das Problem ist, Kathi, dass ich eine weibliche Begleitperson benötige. Weißt du, es muss immer ein Mann und eine Frau mitfahren, weil wir eben Jungen und Mädchen in der Klasse haben.“ Das war eine Überraschung für Kathi. Sie wollte gerade fragen, warum das so war, als sie sah, wie Mona Bernd anzischte: „Dann fahr doch allein, wenn du mich so wenig verstehst.“

„Mein Onkel“, erwiderte Kathi, „äh, mein Onkel würde auch gar nicht allein fahren können, er müsste seine Freundin mitnehmen.“

„Ach“, sagte Herr Sennefeld und man konnte ihn förmlich nachdenken hören. „Haben sie denn gesagt, dass sie so etwas machen wollen?“

„Also, nicht direkt“, meinte Kathi und sie schwitzte ein bisschen. „Wenn das nur gut ging“, dachte sie.

„Wie kann ich denn deinen Onkel und dessen Freundin erreichen? Ich könnte ja mal mit ihnen reden.“

„Oh, kein Problem, Herr Sennefeld“, sagte Kathi erstaunlich locker, wie sie selbst fand. „Sie sind zufällig hier.“

Als Kathi den Namen ihres Lehrers genannt hatte, horchte ihre Mutter auf und sagte: „Moment, ich komme!“ Sie machte Anstalten, sich zu erheben.

„Oh, Mama, es ist nicht für dich.“ Kathi räusperte sich. „Herr Sennefeld möchte Bernd sprechen.“

Der Blick ihrer Mutter war unbeschreiblich. Bernd

schaute auf und Kathi winkte ihm. Er stand auf und Kathi raunte ihm zu, während sie die Hand über die Sprechmuschel legte: „Ich hab' die Lösung für alle unsere Probleme. Wenn du mitspielst." Sie konnte Bernd nicht in die Augen sehen, als sie ihm den Hörer hinhielt.

Bernd sagte: „Bernd Becker, hallo!"

Kathi hielt den Atem an. Bernd lauschte und zog die Augenbrauen hoch. Dann trafen sich Bernds und Kathis Blicke. Plötzlich lächelte Bernd und säuselte ins Telefon: „Es war schon immer mein Traum, auf eine Klassenfahrt mitzufahren, besonders, wenn meine Nichte dabei ist. Wissen Sie, Herr Sennefeld, sie benötigt eigentlich eine Aufsichtsperson für sich allein, so anstrengend ist sie. Aber Sie kennen sie ja selbst ..."

Kathi blies die Backen auf. Was war das denn? Sie wusste zwar nicht, was sie erwartet hatte, aber das nicht.

„Meine Freundin?" Bernd schaute zu Mona hinüber. „Also das weiß ich nicht", sagte er langsam. Bernd lauschte eine Weile in den Hörer. „Oh, das ist das Problem, hm, also, ich müsste das mal klären ..."

Mona fragte Bernd mit ihrem Blick, was los sei. Bernd winkte ab und wandte sich wieder dem Gespräch mit Herrn Sennefeld zu. „Also, äh, kann ich Sie gleich zurückrufen?" Einen Moment später legte er auf. Während ihn alle neugierig anschauten, sagte er: „Herr Sennefeld hat eine Lösung für unser Afrika-Problem."

6. Kapitel

Ein paar tausend Jahre Geduld

Mäggi und Kalligulla waren mit einem Auto geflohen. Im letzten Moment hatte Gregor in den Kofferraum huschen können. Hier drin war es stockfinster. Er hörte immer nur das Brummen des Motors und das Rauschen der Räder auf dem Asphalt. Gregor fand das Verfolgen von Dieben schnell langweilig und er war hungrig. Was hätte er nicht alles für eine Blutorange gegeben? Seine einzige Unterhaltung waren die Gespräche der beiden, die er mithören konnte. Leider sprachen sie nie über ihren Auftraggeber. Eigentlich stritten sie sich nur. Gregor wunderte sich, dass sie es geschafft hatten, sich darauf zu einigen, einen Einbruch zu begehen. Immerhin hatte er herausgehört, dass die beiden zankenden Diebe nach England fuhren. Sie würden in Calais das Auto stehen lassen, mit der Fähre nach Dover übersetzen und dort mit dem Zug weiterfahren. Leider hatten sie nicht gesagt, wohin. Gregor seufzte. Das konnte noch dauern. Er musste Geduld haben. Aber Gespenster haben natürlich mehr Geduld als Menschen, denn sie haben ja auch mehr Zeit. Schließlich ist es ein Unterschied, ob man allerhöchstens hundert oder ein paar tausend Jahre alt werden kann …

7. Kapitel

Schrubber und Handfeger

Herr Sennefeld bahnte sich auf dem Bahnsteig einen Weg durch die Kinder, Eltern und Taschen. Die ganze Zeit murmelte er dabei vor sich hin: „Tina ist da ... Wo ist Jan, ach da ... Wo ist ...?“ Dazwischen wollten ihn die Kinder immer irgendetwas fragen, wie „Wann kommt endlich der Zug?“, „Wie groß ist das Schiff, mit dem wir übersetzen?“, oder sie wollten ihm noch schnell erzählen, dass sie die Nacht vor lauter Aufregung nicht hatten schlafen können oder dass sie Sorge hatten, dass die Eltern die Meerschweinchen, Goldhamster und Halsbandleguane nicht richtig füttern würden, während sie weg waren.

Plötzlich ertönte ein gellender Pfiff auf dem Bahnsteig. Alle schauten auf die Schienen, weil sie dachten, der Zug fahre ein, doch dann sahen sie Bernd den Arm heben. Die Kinder schauten ihn erwartungsvoll an. Dann rief er gegen den Lärm der Lautsprecherdurchsagen und das Einfahren der Züge auf den Nachbargleisen an: „So, ihr Nasen, alle Fragen gehen ab sofort an mich. Ich kann sie zwar nicht beantworten, aber euer Lehrer auch nicht, denn der muss sich jetzt um andere Sachen kümmern.“

Die Kinder lachten. Sie verstanden, was ihr „Hilfslehrer“ damit sagen wollte. Bernd hatte Mona überzeugt, mit auf Klassenfahrt zu fahren, denn so brauchte sie kei-

ne Angst vor langen Flügen oder irgendwelchen ekligen Insekten zu haben. Einige Tage später hatten sich die beiden als die neuen Begleiter in der Schule vorgestellt. Ein paar Bemerkungen von Bernd in den ersten fünf Minuten hatten gereicht, allen Kindern klarzumachen, dass Bernd ein Glücksfall für die gesamte Reise werden würde.

Mona hatte sich für die Klassenfahrt wirklich schick gemacht, fanden Kathi und ihre beste Freundin Tina. Sie trug einen Minirock in der gleichen knallroten Farbe wie die Stöckelschuhe, auf denen sie eher balancieren als laufen konnte. Sie hatte ihre Haare hochgesteckt und eine Sonnenbrille klemmte irgendwie in diesem Gewusel. Natürlich war sie wie immer stark geschminkt.

„Wo ist Markus?“, fragte Herr Sennefeld hektisch. Bernd zuckte mit den Schultern. Er kannte noch nicht alle Kinder mit Namen. Doch von Markus hatte er natürlich schon gehört. Es waren überwiegend keine guten Geschichten. Markus’ Wortwahl war nicht die feinste, er prügelte sich häufig und war auch schon mit Kathi aneinandergeraten.

„Verdammt, der kommt auch immer zu spät!“, fluchte Herr Sennefeld. Brummelnd und quietschend fuhr der Zug ein.

„Es geht los!“, brüllte Bernd, mit dem Ergebnis, dass alle hektisch ihre Taschen packten und in Richtung Bahnsteigkante drängten.

„Nicht so nah!“, warnte Herr Sennefeld.

Die Kinder versuchten nun, mit den Taschen in der Hand, sich von ihren Eltern zu verabschieden.
Kathis Mutter stand, auf Krücken gestützt, neben Herrn Sennefeld und sagte zu ihm: „Vielleicht ist es doch ein Glück, dass ich mir das Bein gebrochen habe."
Herr Sennefeld packte zwei Kinder, die sich in der Waggontüre mit ihren Taschen verkeilt hatten, und zog sie zurück. „Langsam, Leute, langsam! Der Zug fährt nicht ohne euch!"
Kathi gab ihrer Mutter einen Kuss. „Ja, Mama, ich werde mich benehmen, ich werde morgens und abends die Zähne putzen, ja, Mama, ich werde nicht nur Süßigkeiten essen und Cola trinken ..."
„Das wollte ich gar nicht sagen", entgegnete ihre Mutter lächelnd.
„Sondern?", fragte Kathi zweifelnd. Man kennt doch seine Mutter nach so vielen Jahren.
„Wechsle bitte regelmäßig deine Unterwäsche." Dann prustete ihre Mutter los, dass sie sich kaum auf den Krücken halten konnte. „Du bist ein großes Mädchen, du kannst auf dich aufpassen."
Kathi gab ihr noch einen Kuss und winkte ihr, während sie sich in das Getümmel vor der Waggontüre stürzte.
Plötzlich sah Kathi Markus neben sich. „Auch schon da?", fragte sie. Er brummte nur und sie kümmerte sich nicht weiter um ihn.
Kathi, Tina, Thorsten und Jan hatten sich ein gemeinsames Abteil erkämpft. Thorsten riss das Fenster auf,

während sich die anderen gegenseitig zeigten, was sie an Proviant mitgenommen hatten. Guter Proviant zeichnete sich dadurch aus, dass er ungesund und entweder sehr süß oder sehr salzig war. Plötzlich ging die Tür auf und Mona stakte herein. „Wir Erwachsenen sollen auch mal zu den Kindern in die Abteile gehen“, sagte sie und setzte sich auf einen der freien Plätze. Tina verdrehte, von Mona abgewandt, die Augen.
„Möchten Sie ein Stück Schokolade?“, fragte Thorsten, der noch am Fenster stand.
„Nein, vielen Dank! Das macht dick. Aber schließ bitte

das Fenster, sonst versaut der Fahrtwind meine Frisur."
Thorsten schloss das Fenster wieder.
„Haben Sie keinen Haarfestiger?", erkundigte sich Tina und Kathi hielt die Luft an.
„Schätzchen", erwiderte Mona und legte den Kopf schief. „Die Frisur hat mich heute Morgen eine halbe Stunde gekostet und kein Haarfestiger kann Wunder wirken."
„Nur eine halbe Stunde?", dachte Kathi. „Das ist auf jeden Fall gelogen."
„Ich würde auch gerne mal Haarfestiger ausprobieren", sagte Tina.
Mona schaute Tina an. „Kein Problem!" Sie wühlte mit knallroten Fingernägeln in ihrer riesigen Handtasche. Tina nahm die Flasche in die Hand und sprühte kurz in den Raum.
„Bist du wahnsinnig?", schrie Jan und hielt sich die Nase zu.
Tina hatte dunkelblonde Haare, die glatt am Kopf herabhingen. Sie nahm eine Strähne in die Hand und besprühte sie. Nachdem sie alle Strähnen auf diese Weise bearbeitet hatte, fasste sie mit ihren Händen hinein. Nach wenigen Griffen sah sie aus, als wäre sie mit ihrer Frisur in einen Ventilator geraten.
Thorsten sagte: „Du siehst aus wie eine Hexe."
„ … die schlecht geschlafen hat", ergänzte Jan.
Tina betrachtete sich in einem kleinen Spiegel an der Abteilwand. „Ich finde es klasse!"

„Das wäre was für Markus“, sagte Kathi. Markus hatte neuerdings eine bekloppte Frisur, wie sie fand. Er hatte sich die Haare an den Seiten und hinten abschneiden lassen. Die knapp fingerlangen Haare oben auf dem Kopf hatte er mit Gel und Haarfestiger hochgestellt. Er sah aus wie ein Schrubber, fanden alle. Nur seine besten Freunde, Tobias und Dennis, sagten, sie fänden die Frisur gut. Aber Kathi hatte den Verdacht, sie sagten das, weil sie Angst vor Markus hatten. Der schlug auch mal schnell zu, wenn ihm was nicht passte.
„Wisst ihr was!“, rief Tina. „Wir gehen in Markus’ Abteil und fragen ihn, wie er meine neue Frisur findet.“
Man konnte Thorsten und Jan ansehen, dass sie von der Idee nicht begeistert waren. Beide hielten sich von Markus lieber fern, weil es meistens nur Ärger gab. Aber Kathi und Tina waren von ihrer Idee nicht abzuhalten.
Zwei Abteile weiter saßen Markus, Dennis und Tobias mit noch ein paar anderen Jungs. Markus hatte die Stöpsel seines MP3-Players in den Ohren. Tina stürmte ins Abteil, stemmte die Arme in die Hüften, schaute Markus an und sagte: „Du hast so eine megageile Frisur. Ich hab’ dich immer darum beneidet. Ich wollte einmal so aussehen wie du!“ Sie griff sich mit beiden Händen in die Haare und die standen nun ab, als wären sie elektrisch aufgeladen.
Markus nahm die Stöpsel aus den Ohren und sah Tina verdutzt an.
„Hast du ’nen Knall? Wie siehst du denn aus?“

„Na, wie du!“, lächelte Tina süßlich.

„Wie ich?“ Markus zog einen Mundwinkel hoch. „Du siehst aus wie ein Handfeger!“

„Da passt ihr ja prima zusammen“, mischte sich Kathi ein. „Denn du siehst aus wie ein Schrubber!“

„Und wenn ihr mit Saubermachen fertig seid“, ergänzte Dennis, „dann kann Herr Sennefeld mit seiner Glatze zum Polieren kommen!“

Alle brüllten los und Dennis merkte als Letzter, dass ihr Lehrer in der Tür stand. Er räusperte sich und Dennis wurde rot. „Ich wollte nur sagen, kurz bevor wir in Calais sind, gebe ich euch Bescheid, damit ihr die Abteile aufräumen und“, er schaute Dennis in die Augen, „saubermachen könnt!“ Ohne ein weiteres Wort verließ Herr Sennefeld wieder das Abteil.

„Volltreffer, Dennis!“, sagte Tina. „Du hast dich gerade wieder bei deinem Lehrer beliebt gemacht.“

„Zischt ab, ihr blöden Ziegen!“, erwiderte Dennis.

Tina drehte sich zu Kathi um, die immer noch hinter ihr stand. „Vielleicht will ich doch lieber eine Frisur wie Dennis … obwohl“, sie fasste sich ans Kinn, „vielleicht kommt dann automatisch auch bei mir nur noch Müll raus, wenn ich was sagen will.“

Plötzlich stand wieder Herr Sennefeld in der Tür. „Solltest du dich nicht mal kämmen, Tina?“

„Äh, nein! Das trägt man jetzt so!“

„Ach!“ Herr Sennefeld entfernte sich kopfschüttelnd.

8. Kapitel

Die Kummerschreck-Bande

Wieder hielt das Auto. Gregor von Gutenbrink versteckte sich hinter dem Gemälde von Wilhelm von Wiesenfeld dem Dritten, als der Kofferraumdeckel quietschend aufsprang. Unbemerkt folgte er Kalligulla und Mäggi über einen Parkplatz zum Hafen. Kalligulla hatte das Bild in braunes Packpapier gewickelt und trug es unter dem Arm. Er und seine Komplizin betraten den Steg, der zu dem großen unförmigen Schiff führte. Gregor glitt unbemerkt an der Reling entlang und schaute in das Wasser. Dabei dachte er darüber nach, wie er wohl den alten Wilhelm retten könnte. Was wollte der geheimnisvolle Auftraggeber bloß mit dem Grafen-Bild?

Über den Bordlautsprecher hörte Gregor, wie jemand sagte: „Herzlich willkommen auf der MS Diana! Die Überfahrt dauert etwa 50 Minuten. Die Mannschaft der Diana wünscht Ihnen eine angenehme Reise."

Diese Durchsage wurde noch in allerlei andere Sprachen übersetzt, während Gregor eine Horde Kinder den Steg hinaufrennen sah. Er war zu weit entfernt, um die Gesichter erkennen zu können, aber sie mussten ungefähr in Kathis Alter sein. Ach, er würde Kathi und auch Thorsten so gerne einmal wiedersehen.

Gregor schaute die Reling hinab und folgte mit den Augen den kleinen schaumigen Wellen, die sich an der

Schiffswand kräuselten. Das Wasser hatte die Farbe von altem Spülwasser. Darin schwammen kleine Äste, aber auch vereinzelt Plastikeimer und sogar eine leere Tüte Gummibärchen.
Was war das denn da noch im Wasser? Gregor zog seine Gespensterstirn kraus und starrte angestrengt in die Wellen. War das nicht ein Gesicht? Gregor reckte sich nach vorne. Aber ja, da, direkt unter der Wasseroberfläche. Und es starrte ihn an. Gregor winkte zaghaft. Das Gesicht lächelte tatsächlich und etwas, das Seetang ähnelte, bewegte sich im Wasser neben dem Gesicht. Winkte da jemand? Nun tauchte das seltsame Wesen auf und schien auf der Wasseroberfläche zu sitzen. Ein glibberiger großer Mund formte die Lippen und sprach: „Einen blubbigen Tag wünsche ich dem ungewöhnlichen Gast dieses Schiffes!“
Das Wesen war kaum größer als Gregor. Es hatte keine Arme oder Hände, sondern Tentakel, die knotig wie Seetang an dem kleinen Körper herabhingen. Der Körper hatte fast die gleiche Farbe wie das brackige Wasser um es herum.
„Hallo!“, sagte Gregor freundlich. „Ich bin Gregor von Gutenbrink aus dem Hause derer von Niederfahrenhorst auf Burg Kummerschreck.“ Er machte einen Hofknicks. „Und wer bist du?“
Das Wesen bewegte alle Tentakel gleichmäßig in der Luft, sodass es aussah, als wolle es tanzen, und antwortete: „Mein Name ist Helmes Wellenstreicher, Meeres-

geist. Es ist mir eine blubbige Freude, dich kennenzulernen, Gregor von Gutenbrink."
Gregor hatte von den Meeresgespenstern gehört. Sie lebten friedlich in den Ozeanen und hatten wenig Feinde, weil sie auf dem Meeresboden wohnten, wohin ihnen

kaum einer folgen konnte. Seines Wissens verfügten sie auch über eine besondere Fähigkeit, wie ja alle Gespenster, aber Gregor wollte im Moment nicht einfallen, über welche. „Äh, Helmes, du hast nicht zufällig Blutorangen bei dir? Ich habe nämlich großen Hunger."
„Das ist mir sehr blubbig, aber Blutorangen zählen nicht zu unseren Nahrungsmitteln. Die findet man im Wasser auch zu selten."
Gregor seufzte. „Und wovon ernährt ihr euch so?"
„Eigentlich von allem, was die Menschen über Bord ihrer Schiffe werfen. Kartoffelschalen, Plastikeimer, Trinkflaschen, Holz, Papier ... Wir sind da nicht sehr blubbig."
Auf Kartoffelschalen oder Plastikeimer verspürte Gregor allerdings überhaupt keinen Appetit. Er würde wohl noch eine Weile auf seine Blutorangen verzichten müssen. Zum Glück konnten Gespenster Hungergefühle sehr lange aushalten.
„Was will denn ein Burggespenst auf einer Fähre nach England?", fragte Helmes.
Gregor schaute sich um. Die Passagiere waren wegen des einsetzenden Nieselregens in die Kabinen und das Restaurant geflüchtet. Helmes und Gregor waren allein.
„Hm", sagte Gregor, „das ist eine lange Geschichte. Hast du denn Zeit?"
„Ich habe blubbig viel Zeit", antwortete Helmes lächelnd und seine Tentakel vollführten wieder kleine Tänze über dem Wasser.

Gregor erzählte ihm kurz, wie er die Diebe beobachtet hatte und ihnen gefolgt war. Helmes hörte aufmerksam zu. „Wer ist denn dieser Graf Wiesenfeld der Dritte?"
Gregor erzählte ihm, dass der Graf durch einen Fluch der Moorgespenster in das Bild eingeschlossen war.
„Ja, ja, die Moorgespenster", sagte Helmes Wellenstreicher nickend. „In einigen Gegenden kommen wir Meeresgeister den Moorgespenstern etwas nahe. Da gibt es dann natürlich Ärger."
Das Wetter besserte sich, die Sonne kam wieder hervor und Gregor befürchtete, dass er sich bald nicht mehr in Ruhe mit Helmes unterhalten könnte, weil die Menschen auf das Deck strömen würden. Also ahmte er die quäkige Lautsprecherstimme von eben nach: „Meine geschätzten Passagiere, hier spricht der Kapitän. Leider ist dem Schiffskoch ein Eimer flüssige Butter ausgelaufen. Sie hat sich auf die gesamten Außendecks verteilt. Wir müssen Sie daher bitten, nicht auf die Außendecks zu gehen, da erhöhte Rutschgefahr besteht. Vielen Dank für Ihr Verständnis!"
Helmes lächelte wissend. „Ach ja, du kannst Stimmen nachahmen. Eine nützliche Fähigkeit …"
Sie wurden wieder unterbrochen, weil ein paar Kinder trotz Durchsage auf das Außendeck kamen.
„Wo soll es denn hier rutschig sein?", fragte ein Mädchen ausgelassen. „Vielleicht haben sie schon wieder sauber gemacht!", entgegnete ein Junge. „Dann spielen wir eben wieder Fangen!", meinte ein Dritter.

Gregor beobachtete die Kinder aus seinem sicheren Versteck hinter dem Rettungsboot. Was er nun sah, ließ sein kleines Gespensterherz höher schlagen. Dort vorne bei den Kindern war tatsächlich Kathi. Oder konnte er sich irren? Er überlegte und entschied sich für einen kleinen Test, um sicherzugehen.

„Hier spricht der Kapitän! Kathi Schroeren wird gebeten, sofort das Außendeck zu verlassen. Kathi Schroeren, bitte umgehend das Außendeck verlassen!"

Gregor beobachtete, wie Kathi zusammenzuckte.

„Wieso will der Kapitän, dass ich das Deck verlasse und ihr müsst das nicht?"

„Weil du besonders doof bist!", sagte Markus hämisch. Seine hochstehenden Haare wirbelten im Wind. Er sah aus wie ein Schrubber, den man immer nur in eine Richtung bewegt hat.

„Was für ein cooler Spruch, Markus!", sagte Tina. „Ich hab' eine Idee! Du kannst ja das Deck mit deiner Frisur schrubben. Dann haben wir es schnell sauber!"

„Ich schrubbe das Deck gleich mit deiner Fresse!", brüllte Markus zurück, während er mit erhobenen Fäusten auf Tina zuging.

Gregor wollte Tina gerade mit einer kleinen Bemerkung von Herrn Sennefeld zu Hilfe eilen, als er Helmes Wellenstreicher neben sich bemerkte. Der grinste und sagte: „Lass mich mal blubbern!" Dann starrte er Markus an, der Helmes natürlich nicht sehen konnte, und sprach: „Blubbig Haare machen schlapp!"

Im gleichen Moment fiel die Frisur von Markus zusammen und die hochgestellten Haare lagen ihm platt über Ohren und Augen. Markus hielt inne. Alle Kinder starrten ihn entgeistert an. Markus fasste sich in die Haare und flüsterte: „Das ist ja unheimlich!“
„Die Haltbarkeit von deinem Haarfestiger ist wahrscheinlich überschritten!“, meinte Tina grinsend.
„Halt die Klappe!“, sagte Markus nur.
„Na, na, was ist denn hier los?“, fragte Bernd, der unbemerkt zu den Kindern gestoßen war. Er schaute sich auf dem Boden um und sagte: „Was war das denn für eine seltsame Durchsage mit der Butter?“
Nun kam auch Herr Sennefeld näher und meinte: „Das muss ein Scherz gewesen sein, sagt einer der Schiffsoffiziere!“
Thorsten schaute Kathi an und sie wusste sofort, was er dachte: Das waren doch die typischen Scherze von Gregor. Andererseits war der im Burgmuseum. Oder vielleicht doch nicht?
„Wir legen gleich ab“, sagte Herr Sennefeld. „Man hat wohl erst überlegt, ein paar Stunden zu warten, weil sich ein Sturm über der Nordsee angekündigt hat. Aber der Kapitän meint, es würde wohl nicht so schlimm werden.“
„Juhu, ein Sturm!“, rief Kathi. „Kommt, wir reservieren uns schon mal ein Rettungsboot!“ Sie eilte auf das Boot zu, hinter dem Gregor und Helmes lauerten. Thorsten und Tina brüllten, sie wollten auch hinein.

„Ich seh' mal nach Mona!", sagte Bernd und entfernte sich mit Markus und Herrn Sennefeld. Kathi, Tina, Thorsten und Jan lehnten sich an das Rettungsboot. Kathi sagte: „Hey, ich hab' eine Idee: Wir gründen eine Bande. Wir halten immer zusammen und wehren uns vor allem gegen diesen Idioten Markus."

„Und wie sollen wir heißen?", fragte Jan.

„Mmh!", machten alle und Kathi rief plötzlich: „Die Gutenbrink-Bande!"

„Was ist das denn für ein blöder Name?", sagte Tina. „Da können wir uns auch die Schmitz-Bande nennen. Das klingt genauso dämlich!"

„Ich finde Gutenbrink-Bande gut", sagte Thorsten und lächelte Kathi so an, dass ihr wieder ganz heiß im Magen wurde. Er hielt inne. „Oder was haltet ihr von der Kummerschreck-Bande?"

Jan und Tina nickten zustimmend. Kathi strahlte.

„Aber wir brauchen auch ein Code-Wort", überlegte Jan.

„Das Code-Wort heißt: Meeresgeist!"

Jan und Tina jubelten: „Klasse Idee, Thorsten!"

Kathi und Thorsten starrten einander an. Jemand hatte mit seiner Stimme gesprochen. Und es gab nur einen, der so etwas konnte: Gregor von Gutenbrink, das Gespenst von Burg Kummerschreck.

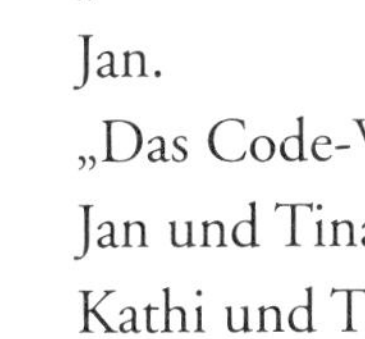

Halluzinationen

„Wir müssen unbedingt mit Gregor Kontakt aufnehmen!“, sagte Kathi, als sie mit Thorsten allein in einem Gang stand.
„Wie sollen wir das machen?“, fragte Thorsten. „Wir können doch nicht über das Schiff laufen und seinen Namen brüllen.“
Thorsten starrte auf den Boden und dachte nach. „Gregor hat uns gesehen. Und wenn er noch nicht mit uns geredet hat, dann hat das einen Grund. Schließlich sind wir seine besten Freunde!“
Das Schiff schwankte plötzlich so stark, dass sich beide kurz an der Wand abstützen mussten.
Kathi nickte. „Vielleicht ist irgendetwas nicht in Ordnung.“
„Wer weiß“, sagte Thorsten schulterzuckend. Er verlor für einen kurzen Moment das Gleichgewicht. „Ich glaube, der angekündigte Sturm ist schon aufgezogen.“
Das Schiff schwankte heftiger, während sie die Motoren tief unter sich brummen und stampfen hörten.
„Komm, schauen wir uns mal das Unwetter draußen an“, sagte Kathi und rannte Richtung Deck.
Sie bewegten sich wie Betrunkene, so schlingerte das Schiff auf den Wellen. Der Himmel war schmutzig grau, mit großen schwarzen Tupfern, aus denen ihnen der Regen ins Gesicht peitschte.

Jan kam ihnen entgegen. Er sah sehr blass aus.
„Was ist los?“, fragte Kathi.
Jan hielt sich die Hand vor den Mund und raste in Richtung Toiletten.
„Der Arme!“, sagte Thorsten und konnte sich ein Grinsen nicht verkneifen.

Weil es doch sehr nass war, gingen sie wieder in den Innenbereich des Schiffes. An der Tür kam ihnen Mona entgegen. Sie hatte rötlichbraune Flecken auf ihrem gelben Top. Sie stürzte an ihnen vorbei, ohne Kathi und Thorsten zu beachten und beugte sich über die Reling. Es war nicht zu übersehen, dass Mona seekrank war.
Kathi und Thorsten streunten über das Schiff, ohne richtiges Ziel. Die meisten aus der Klasse waren entweder über Eimer gebeugt oder hingen elend in den Ecken. Nur wenigen Menschen schien das Unwetter nichts auszumachen. Mona kam ihnen mit weit nach vorn gestreckten Armen entgegen. Ihre Frisur war völlig zerzaust, und die verlaufene Schminke hatte dunkle Streifen in ihrem blassen Gesicht hinterlassen. Sie sah aus wie aus einem Horrorfilm entlaufen. Mit weit aufgerissen Augen packte sie Kathi und Thorsten an den Armen, während sie irgendetwas Unverständliches stammelte.
„Was ist denn los?“, fragte Kathi genervt.
„Da … im Wa … Wasser … Gespenster … !“
Oje, nun war Mona völlig durchgedreht.

„Mona, dir ist schlecht! Vielleicht hast du Hazulationen oder wie das heißt …“
„Halluzinationen“, berichtigte Thorsten.
„Danke!“, sagte Kathi und presste die Lippen aufeinander.
„Nein, ich habe keine Halluzinationen!“, fauchte Mona. „Ich habe sie genau gesehen. Sie glotzten mich aus dem Wasser heraus an.“
Mona stand echtes Entsetzen im Gesicht. Bernd kam hinzu. Er wollte Mona in den Arm nehmen, aber die stieß ihn weg. „Du glaubst mir bestimmt auch nicht!“
„Was glaube ich dir nicht?“, fragte Bernd irritiert.
„Sie hat Gespenster gesehen“, sagte Kathi mit ausdruckslosem Gesicht.
„Ach was!“, sagte Bernd lächelnd. „Gespenster gibt es nur auf Burgen und Schlössern.“
„Vielleicht waren es Meeresgespenster“, gab Thorsten zu bedenken.
Kathi tippte sich mit dem Finger an die Stirn und zeigte dann auf Mona. Mona starrte Thorsten an.
„Ja, das könnte sein. Sie sahen ein bisschen aus wie ein Büschel Seetang.“
„Sicher war es auch nur Seetang“, versuchte Bernd seine Freundin zu beruhigen.
„Aber sie hatten Augen!“ Mona schrie fast.
Kathi zog Thorsten von Bernd und Mona fort. Sie hielt seinen Arm gepackt, während sie sagte: „Wenn es tatsächlich Gregor war, der mit deiner Stimme das Code-

Wort Meeresgeist vorgeschlagen hat, dann könnte an Monas Beobachtungen doch was dran sein. Oder warum sollte er ausgerechnet dieses Wort wählen?"

Thorsten schaute sie an und nickte. „Überzeugen wir uns selbst", sagte er und eilte wieder nach draußen. Kathi folgte ihm. Draußen schauten sie angestrengt über die Reling. Das Wasser hatte sich etwas beruhigt und es regnete nicht mehr.

„Siehst du was?", fragte Kathi, ohne aufzublicken.

„Na, ihr beiden, auch schon 'ne Runde gekotzt?"

Kathi und Thorsten drehten sich um. Markus stand vor ihnen und grinste hämisch. Auch er hatte offensichtlich keine Probleme mit schwankenden Schiffen.

„Zisch ab, Markus, sonst müssen wir vielleicht bei deinem Anblick doch noch kotzen. Bring lieber deine Frisur in Ordnung!" Kathi ärgerte sich immer, dass sie solche Sachen sagte, weil es außer Ärger nichts brachte, wenn man Markus reizte.

„Deine freche Bemerkung kann dich ein paar Zähne kosten, du blöde Ziege!", fauchte Markus.

Kathi und Thorsten schauten sich an. So hatten sie schon einmal vor Markus gestanden und es war nur deshalb gut ausgegangen, weil ihnen Gregor mit einem Trick geholfen hatte.

„Mach keinen Ärger, Markus", versuchte ihn Kathi zu beschwichtigen. „Wir sind auf Klassenfahrt und wenn wir uns hier gegenseitig die Fäuste um die Ohren hauen, ist die Reise für uns schnell vorbei."

„Du hast Schiss, Kathimäuschen! Erst eine dicke Lippe riskieren und dann um Gnade flehen!"
Plötzlich hörten Kathi und Thorsten hinter sich ein Blubbern, als hätte jemand mit einem Strohhalm in ein Milchglas gepustet. Dann glaubten sie Worte wie „blubbig", „Hosengürtel" und „schlapp" zu hören. Im gleichen Moment schien sich Markus' Gürtel einfach aufzulösen und seine Hose rutschte ihm herunter. Markus starrte völlig verdutzt auf seine nackten Beine.
„Hoffentlich hast du sie dir vor der Reise gewaschen!", bemerkte Kathi. Sie schaute Thorsten fragend an. Der drehte sich um, machte große Augen, besann sich aber schnell und sagte zu Markus gewandt: „Irgendwie siehst du heute nicht sehr cool aus mit deiner vermatschten Frisur und heruntergelassener Hose."
Markus hatte sich ein bisschen von dem Schrecken erholt, zog hastig seine Hose hoch, hielt sie mit beiden Händen fest und rannte von Deck.
„Was war das denn?", fragte Kathi.
Thorsten lehnte sich an die Reling und sagte: „Ich glaube, Mona hat wirklich Meeresgeister gesehen."

10. *Kapitel*

Monas Schönheit

Gregor hatte sich auf die Suche nach Mäggi und Kalligulla gemacht und sie endlich im Restaurant gefunden. Nur wenige Menschen saßen hier, weil den meisten immer noch schlecht war, obwohl das Meer nun so glatt war wie ein Spiegel und sogar einige Sonnenstrahlen durch die hellgrauen Wolken blitzten. Kalligulla und Mäggi hatten sich etwas zu trinken bestellt. Das verpackte Gemälde lehnte unter dem Tisch an einem Stuhlbein. Gregor, der sich unter einem Nachbartisch versteckt hatte, hoffte darauf, dass die beiden vielleicht über ihren Auftraggeber sprachen. Stattdessen stritten sie sich nur wieder. Gregor überlegte gerade, ob er nicht in der Küche nach Blutorangen stöbern sollte, als sich jemand an den Tisch setzte, unter dem er saß. Es waren Herr Sennefeld, Mona und Bernd. Mona hatte sich umgezogen und sah wieder so aufgedonnert aus wie immer. Nur um die Lippen und die Augen waren dunkle Schatten, die deutlich machten, dass es ihr noch nicht wieder richtig gut ging.

„Sie Arme“, sagte Herr Sennefeld. „Wie tapfer Sie dieses Unwetter überstanden haben. Bewundernswert!“
„Das Schlimmste ist, dass ich diese Monster im Wasser gesehen habe und keiner mir glaubt!“, jammerte Mona.

„Nach fünfmal Übergeben sehe ich auch überall Monster“, sagte Bernd.
„Das ist mal wieder typisch! Du glaubst mir nicht! Aber ich sage dir, da waren Gesichter im Wasser und sie haben mich angestarrt!“
„Sie werden von Ihrer Schönheit beeindruckt gewesen sein!“, sagte Herr Sennefeld.
„Sie glauben mir also?“
„Nur weil ich noch keine Meeresgeister gesehen habe, heißt das doch nicht, dass es keine gibt“, säuselte Herr Sennefeld. Bernd atmete laut.
„Da hörst du es, Bernd! Es gibt Menschen, die mich ernst nehmen mit meinen Ängsten und Schwächen.“ Sie seufzte.
Herr Sennefeld legte seine Hand auf ihren Arm.
„Machen Sie sich keine Gedanken. Ruhen Sie sich ein bisschen aus. Wir rufen die Kinder zusammen.“ Er schaute auf die Uhr. „Wir werden bald den Hafen von Dover erreichen.“
Gregor hatte dem Gespräch zuletzt nicht mehr folgen können, weil etwas Seltsames mit dem Gemälde passiert war, als Herr Sennefeld von Monas Schönheit gesprochen und sie sanft angefasst hatte: Unter dem Packpapier hatte es geraschelt.

11. Kapitel

Ja, äh, nein

Markus hatte sich eine Kordel besorgt und als Gürtelersatz durch die Schlaufen des Hosenbundes gezogen. Seine Haare standen wieder starr in den Himmel, nachdem er sie mit Gel bearbeitet hatte. Der Regen hatte Tinas Frisur in den ursprünglichen Zustand versetzt und Jan war nicht mehr schlecht. Erschöpft und wortlos gingen alle von Bord.
Herr Sennefeld reichte Mona auf dem schwankenden Landungssteg die Hand, die sie dankbar ergriff. „Ist das ein Gewackel auf so einem Schiff!"

Gregor lugte aus seinem Versteck heraus. Weiter hinten in der Reihe der Passagiere gingen Kalligulla und Mäggi mit dem Gemälde. Gregor musste auf der Hut sein, um sie nicht aus den Augen zu verlieren, denn er hatte keine Ahnung, wohin sie wollten. Als Letzter verließ er das Schiff. Dabei schaute er in die leichten Wellen unter sich und konnte viele der Meeresgeister erkennen. Es wimmelte von ihnen unter der Oberfläche. Niemand sonst bemerkte sie. Dass ausgerechnet Mona sie entdeckt hatte und ihr jetzt keiner glauben wollte …
Gregor winkte ihnen und fand es schade, dass er Helmes nun eine Weile nicht mehr sehen würde.
Er konnte ja nicht wissen, wie sehr er sich irrte.

Während der Zugfahrt nach London waren alle müde und erschöpft. Diesmal hatten Kathi und ihre Freunde immerhin das Glück, nicht mit Mona in einem Abteil sitzen zu müssen.
Allerdings war es in dem Zug so voll, dass sie sich das Abteil mit zwei Fremden teilen mussten. Der eine war sehr klein und die Frau in seiner Begleitung stieß fast an die Decke des Abteils. Kathi fand, dass sie lustig aussahen in ihrer schwarzen Kleidung. Sie stritten sich darum, wer am Fenster sitzen durfte.
„Ich darf natürlich den Ausblick genießen, schließlich bin ich der Meister …“ Nach einem Tritt seiner Begleiterin gegen das Schienbein unterbrach er sich und umfasste das in Papier geschlagene Paket zwischen ihnen.
Kathi hätte gerne mit Thorsten überlegt, wie sie Gregor finden könnten, wenn nicht die beiden Fremden im Abteil gewesen wären. Für Kathi bestand kein Zweifel mehr, dass er auf dem Schiff gewesen war. Befand er sich nun auch hier irgendwo mit ihnen im Zug?
„Machen Sie auch Ferien in London?“, fragte Jan die beiden freundlich.
„Ja, äh, nein!“, sagte der Kleine. „Wir sind geschäftlich unterwegs.“
„Hat das etwas mit dem Paket neben Ihnen zu tun?“, mischte sich Tina in das Gespräch ein.
„Ja, äh, nein!“, verbesserte sich der Mann.
„Ihr fragt zu viel!“, sagte die Frau nun.
„Wir sind auf Klassenfahrt“, erklärte Kathi. „Wir fahren

nach London und schauen uns die Stadt an. Wohnen Sie auch dort?“
„Ja, äh, nein!“ Der Mann seufzte, als er sich einen giftigen Blick seiner Begleiterin einfing.

In einem anderen Abteil hatte sich Gregor in Monas Schminkkoffer versteckt und hörte, wie Herr Sennefeld, Bernd und Mona über die Reise sprachen.
„Einigen Kindern ist die Überfahrt nicht so gut bekommen“, sagte Herr Sennefeld gerade.
„Das hat sicher nicht nur mit dem schwankenden Schiff, sondern auch mit den Mengen an Süßigkeiten zu tun, die die Kinder dabeihaben“, meinte Bernd.
„Ich habe keine Süßigkeiten gegessen!“, sagte Mona spitz.
„Das ist sicher auch alles ungeheuer anstrengend für eine junge Frau wie Sie!“, sagte Herr Sennefeld galant. „Aber Sie machen das wirklich sehr gut! Was täte ich nur ohne Sie?“
„Ach, Sie sind so freundlich“, säuselte Mona.
„Sie haben wirklich Glück mit Ihrer Freundin, Herr Becker“, sagte Herr Sennefeld an Bernd gewandt. „Und dass Sie auf die Afrika-Reise verzichtet haben, nur damit die Klassenfahrt stattfinden kann, werde ich Ihnen beiden nie vergessen!“
„Ach, das war doch eine Selbstverständlichkeit“, sagte Mona.

12. Kapitel

Begegnung auf dem Klo

Gregor wollte nun endlich mit Kathi in Kontakt treten. Aber sie war immer mit den anderen Kindern zusammen. Gregor musste sich etwas ausdenken, um sie alleine sprechen zu können. Hier im Zug war möglicherweise die letzte Chance, denn wenn die beiden Diebe beim Verlassen des Zuges eine andere Richtung einschlugen als die Schulklasse, würde Gregor die Spur von Kathi wieder verlieren. Es musste ihm bald eine Idee kommen, denn diese Zugfahrt würde nicht endlos dauern. Unbemerkt verließ er den Schminkkoffer und huschte an der Decke von Waggon zu Waggon. Überall saßen und standen Menschen. Wie sollte er da Kathi alleine sprechen? Nur in den Toiletten waren die Menschen alleine. Er überlegte. Nein, wenn Kathi während der Zugfahrt gar nicht zur Toilette musste, dann wäre alles Warten umsonst gewesen. Er erreichte den ersten Waggon, der an die Lok gekoppelt war, und bemerkte einen kleinen Raum, in dem ein Schaffner saß. Auf dem Tisch stand ein Telefon. War das eine Möglichkeit? Gregor lächelte in sich hinein, während er schrie: „Hilfe, Hilfe, Herr Schaffner! Im letzten Waggon am Ende des Zuges kriecht eine Schlange durch das Abteil!"
Gregor beobachtete, wie der Schaffner zusammenzuckte, aufstand und aus der Abteiltüre hinauslugte. Da niemand zu sehen war, wollte er kopfschüttelnd wieder auf

seinen Platz gehen, als er eine Stimme hörte, die entfernter klang: „Ich glaube, es ist eine Giftschlange! Oh Gott, warum kommt denn niemand zu Hilfe?“

Nun stürzte der Schaffner stirnrunzelnd hinaus. Gregor folgte ihm nur so weit, bis er Kathis Abteil fand. Da saßen ja auch die beiden Diebe.

Gregor verstellte wieder seine Stimme: „Ein Anruf für Kathi Schroeren! Ich wiederhole: ein Anruf für Kathi Schroeren! Kathi Schroeren wird gebeten, sofort in das Schaffnerzimmer im vorderen Teil des Zuges zu kommen!“

Kathi zuckte zusammen. Das war schon das zweite Mal, dass ihr Name ausgerufen wurde. Auf dem Schiff war es wohl ein Scherz gewesen. Und hier? Wer sollte sie anrufen? Vielleicht war etwas mit Mama und ihrem Fuß. Sie bekam Panik, sprang auf und hechtete unter Gregor her, ohne ihn zu bemerken. Als Kathi das Schaffnerzimmer erreichte, stürzte sie hinein und griff nach dem Telefonhörer. „Hallo? Kathi Schroeren! Wer ist da?“ Ihr Herz hämmerte gegen ihre Brust.

„Hier ist Herr Sennefeld“, hörte sie die Stimme ihres Lehrers.

„Herr Sennefeld?“, fragte Kathi ungläubig.

„Quatsch, hier ist Tina!“, ertönte Tinas Stimme.

„Wer?“

„Wisst ihr eigentlich, was so ein Telefongespräch im Zug kostet?“ Monas Stimme.

„Gregor!“, brüllte Kathi ins Telefon. „Wo bist du? Wieso telefonierst du mit mir?“

„Tue ich ja gar nicht!“, sagte Gregor mit seiner eigenen Stimme. Kathi wirbelte herum und musste sich bremsen, ihn nicht zu umarmen, denn das ging ja nicht. Gespenster kann man bekanntlich nicht anfassen. Gregor saß gemütlich hinter ihr auf der Bank.

„Das ist ja mal wieder typisch, Gregor“, lachte Kathi. „Was treibst du hier im Zug nach London? Machen die Burggespenster einen Ausflug?“

Gregor schüttelte den Kopf. „Eine ernste Angelegenheit. Es sind Diebe im Zug.“ Er schaute aus dem Abteil. „Aber wir können hier nicht bleiben. Der Schaffner wird jeden Moment wiederkommen, weil er keine Giftschlange finden kann!“

„Was? Diebe? Eine Giftschlange? Oh, Gregor! Wieder einer von deinen Scherzen?”

„Ich hatte keine andere Idee, wie ich dich treffen kann!“ Er zuckte mit seinen kleinen Schultern. „Aber gehen wir auf die Toilette. Da sind wir ungestört!“

Gregor huschte los, und Kathi folgte ihm. Sie schlossen sich in der Toilette ein und Gregor erzählte die ganze Geschichte von dem Diebstahl und der Verfolgung. Auch die Meeresgeister und den geheimen Auftraggeber ließ er nicht aus. Und er berichtete von dem Grafen, der in das Bild eingeschlossen war. „Die Diebe sitzen übrigens bei dir im Abteil!“

„Diese beiden schrägen Gestalten? Die könnten doch nicht mal 'ne Tüte Milch öffnen. Wie haben die es nur geschafft, ein Bild zu stehlen?“ Kathi konnte es nicht fassen.

„Ich muss Wilhelm von Wiesenfeld retten! Und vielleicht kann ich ihn sogar aus seinem Bild befreien. Aber dazu muss ich wissen, wer der Auftraggeber für den Diebstahl ist.“

„Ich werde dir natürlich helfen, das Geheimnis um den unbekannten Auftraggeber zu lüften!“, sagte Kathi mit ernstem Ton. Nach kurzer Überlegung ergänzte sie noch: „Und Thorsten auch!“

Gregor schaute Kathi an und sagte: „Thorsten ist nett!“

Kathi nickte und wurde rot. „Wie bleiben wir denn in Kontakt?“

Gregor grinste: „Durch meine Freunde, die englischen Burggespenster. Ich werde sie um Hilfe bitten.“ Er sagte das mit großer Feierlichkeit in der Stimme.

„Englische Burggespenster?“

„Ja“, erklärte Gregor. „Von ihnen stammen fast alle anderen Gespenster ab. Auch ich!“

„Und wie treten sie mit mir in Kontakt?“

„Mit ihrer besonderen Fähigkeit!“, sagte Gregor geheimnisvoll. „Die Kraft ihrer Gedanken.“

Kathi zog die Augenbrauen hoch. „Ach, was soll das denn heißen?“

„Wirst du schon merken!“

Kathi öffnete die Toilettentür. Gregor schwebte an die

Decke, winkte der verdutzten Kathi zu und verschwand in den Tiefen des Waggons. Kathi stand noch immer da und dachte, dass diese Klassenfahrt eine wirklich ungeahnte Wendung genommen hatte. Das hier konnte ein echtes Abenteuer werden. Sie musste Thorsten informieren. Sie ging zurück in ihr Abteil und ließ sich neben ihn auf den Sitz im Abteil fallen.
„Wer hat denn angerufen?", fragte Tina.
Kathi zuckte zusammen. Sie hatte sich gar keine Ausrede einfallen lassen.
„Äh, falsch verbunden", sagte sie.
Thorsten guckte sie an. Sie erwiderte seinen Blick. Dann beugte sie sich zu ihm und flüsterte ihm ins Ohr: „Gregor ist im Zug!"
„Was flüstert ihr denn?", fragte Jan mit einem ironischen Unterton.

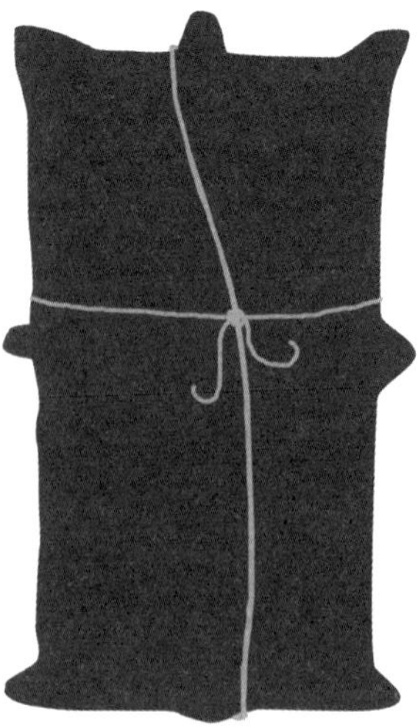

„Ei, ei, ei, was seh' ich da? Ein verliebtes Ehepaar! Noch ein Kuss, dann ist …"
„Klappe, Tina!", sagte Thorsten, der Kathi noch immer entgeistert anschaute. Kathi wurde wieder rot und sie sackte im Sitz zusammen. Ihr Blick fiel auf den verpackten Grafen zwischen den Dieben. Sie hätte schwören können, dass es kurz geraschelt hatte. Aber es war doch nur ein Bild, oder?

13. Kapitel

Code-Wort: Grafenliebe

Gregor verfolgte die beiden Diebe durch London. Die Straßen wurden immer enger und düsterer. Wäre Gregor kein Gespenst gewesen, er hätte sich ein bisschen gefürchtet. Vor einem Laden in einer besonders düsteren Gasse blieben Kalligulla und Mäggi stehen. Es handelte sich um eine Galerie, also ein Geschäft für Bilder und andere Kunstgegenstände.
In dem Laden hingen viele alte Bilder, hauptsächlich von grimmigen Männern und Frauen in altmodischen Gewändern. Die dicken, vergoldeten Rahmen erinnerten Gregor an die Gemälde an den Wänden in seinem Museumsschloss.
Als Mäggi und Kalligulla die Galerie betraten, ertönte eine Glocke. Gregor folgte ihnen unbemerkt. Eine ältere Frau stand in der Mitte des Raumes und betrachtete die Gäste. Sie war in rosafarbene Tücher gewickelt, um ihren kurzen Hals hing eine Federboa und ihre ganze Erscheinung erinnerte an eine bunte Regentonne.
„Yes, please?“, sang sie fast, aber ihr Blick war unfreundlich und abweisend.
„Sind Sie Lady Äbbigel von Sinnen?“, fragte Kalligulla.
Die Frau nickte.
„Code-Wort: Grafenliebe“, sagte Kalligulla mit wichtigem Gesichtsausdruck.
„Haben Sie das Bild?“, fragte sie in gutem Deutsch.

Kalligulla legte das verpackte Bild auf einen Tisch.
„Doch nicht hier, Sie Trottel!", herrschte die Frau ihn an und wies in Richtung Vorhang, der einen Teil des Verkaufsraumes abtrennte.
Gregor folgte ihnen unauffällig.
„Soll ich jetzt ...?", fragte Kalligulla vorsichtig und meinte, ob er nun das Bild auspacken solle.
„Fragen Sie doch nicht so dämlich!", meckerte die Alte und Kalligulla riss hastig die Verpackung auf.
„Seien Sie vorsichtig, Sie Dumpfbacke! Sonst verletzen Sie noch den Grafen!" Sie stieß den Dieb beiseite und legte das Gemälde vorsichtig frei. Als sie es betrachtete, entfuhr ihr ein Seufzer, der die beiden Diebe erschrocken aufschauen ließ.
„Glotzen Sie nicht so blöd!", raunzte sie, schaute wieder auf das Bild und flüsterte fast zärtlich: „Wilhelm!"
Ein Schweigen breitete sich in dem Raum aus und Mäggi und Kalligulla versuchten, möglichst lautlos zu atmen. Plötzlich schaute die Alte auf, musterte die beiden Diebe feindselig und schnauzte sie an: „Ist noch was?"
Mäggi und Kalligulla zuckten zusammen. Mäggi fasste sich als Erste und sagte mit leicht zittriger Stimme: „Äh, wir wären dann auch wieder weg, wenn ... also ... die Belohnung für den ausgeführten Auftrag ..."
„Ach, ja, Ihre Belohnung." Lady Äbbigel von Sinnen hob die Augenbrauen. „Das Bild ist auf dem Kunstmarkt im Moment gut und gerne hundert Pfund wert."

Sie griff hinter sich in eine Schublade und holte einen Geldschein hervor, den sie den beiden völlig verdutzt dreinschauenden Dieben hinhielt.
„Hundert Pfund?“, stammelte Kalligulla.
„Sie hatten uns fünftausend Pfund versprochen!“, erboste sich Mäggi.
„Tja“, sagte die Alte und zuckte mit den Schultern. „Die Kunstpreise sind in der letzten Woche mächtig in den Keller gerutscht.“
„Wollen Sie uns um unseren Lohn prellen?“, fragte Mäggi entrüstet.
„Wieso? Will ich denn nicht zahlen?“, gab die Alte zurück und winkte mit dem Geldschein.

„Das ist gegen die Vereinbarung!“, platzte Kalligulla heraus.
Die Alte starrte ihm in die Augen, wobei sie sich ein bisschen herunterbeugen musste, weil Kaligulla so klein war. „Na und, du Meisterdieb?“ Sie lachte blechern.
Mäggi schnaubte: „Na, dann nehmen wir das Bild eben wieder mit!“ Sie griff nach dem Gemälde.

Die Alte zischte: „Ihr werdet mich doch wohl nicht bestehlen wollen?“ Sie schnippte mit den Fingern und in einer der Türen erschienen zwei Männer, deren Körper an Preisboxer und deren Gesichter an Lehrer erinnerten, denen man zwei Wochen hintereinander erzählt hatte, man habe die Hausaufgaben vergessen. Der eine hatte eine Glatze und der andere trug lange Locken bis zu den Schultern.

Mäggi und Kalligulla starrten die riesigen Kerle an.

„Ich glaube, die Herrschaften möchten gehen“, sagte die Alte, an die beiden Kleiderschränke gewandt. „Oder ist noch was?“ Sie grinste. „Beehren Sie uns bald wieder!“ Sie gab den dunklen Gestalten einen Wink und die drängten Mäggi und Kalligulla mit ihren breiten Brustkörben vor sich her aus der Galerie.

Gregor blieb noch einen Moment in dem Laden, sodass er miterleben konnte, wie die Alte zu dem Bild sprach: „Mein lieber Wilhelm! Nur noch wenige Tage, dann feiern wir ein Wiedersehen!“ Sie hielt das Bild in ihren Händen ausgestreckt vor sich. „Ich werde ein rauschendes Fest vorbereiten und dann werden wir nie wieder getrennt sein, mein Liebster!“

Gregor traute seinen Ohren nicht. „Mein Liebster“? Er fragte sich, ob sich der Graf wohl über diese Anrede freuen würde. Gregor musste Wilhelm von Wiesenfeld den Dritten aus den Klauen dieser verrückten Verehrerin retten. Aber wie? Er beobachtete, wie die Alte das Gemälde in einen Tresor legte, den sie mittels zweier

Schlüssel und durch ein Zahlenschloss verriegelte. So schnell konnte Gregor die Zahlen nicht lesen. Zudem hängte sich die Frau den einen Schlüssel an einer Kette um den Hals, den anderen gab sie dem Lockenkopf, der ihn sich in ein kleines Fach im Absatz seines Schuhs steckte.

Gregor huschte ungesehen wieder auf die Straße. Wenn er den alten Wilhelm retten wollte, benötigte er Unterstützung. Und er wusste schon, wer ihm helfen konnte.

Kurz darauf wechselte er ein paar Gedanken mit John MäcFeinripp.

Das Schicksal der englischen Burggespenster war, keinen Körper zu haben. Gregor rief sie in Gedanken und sofort vernahm er Sir John MäcFeinripps Worte in seinem Kopf: „Es ist mir eine Ehre, einem Burggespenst wie Gregor von Gutenbrink einen Dienst zu erweisen. Schließlich sind wir gewissermaßen eine Familie."

14. Kapitel

Sir John MäcFeinripp

Bei der Verteilung der Schlafräume in der Jugendherberge besetzte die Kummerschreck-Bande ein Zimmer. Sofort packten sie ihren Party-Proviant aus. Tina hatte sogar ein paar Luftschlangen mitgebracht.
„Feiern wir Silvester?“, fragte Jan spöttisch.
„Typisch Jungs!“, antwortete Tina. „Ihr habt einfach keinen Sinn für Stimmung!“
Thorsten riss eine Chipstüte auf. Die Hälfte des Inhaltes fiel prasselnd auf den Boden.
„Typisch Jungs!“, sagte Tina noch einmal. „Viel Kraft, wenig Hirn!“
„Wir machen unsere Party vielleicht lieber ohne die Mädchen“, meinte Jan zu Thorsten gewandt. Thorsten fegte die Chips mit der Handfläche vom Boden und füllte sie wieder in die Tüte.
„Du bist ein Ferkel, Thorsten! Der Boden ist doch schmutzig!“, sagte Kathi und verzog das Gesicht. Thorsten zuckte mit den Schultern und hielt Jan die Tüte hin. Der schüttelte angewidert den Kopf.

In diesem Moment öffnete sich die Türe und Mona kam herein. „Ihr glaubt doch nicht, dass Jungen und Mädchen auf einem Zimmer schlafen können!“
„Wieso? Wenn jeder ein eigenes Bett benutzt?“, fragte Tina.

Mona glotzte Tina verständnislos an. „Herr Sennefeld hat es verboten und basta!“

Bernd kam herein und sagte zu Jan und Thorsten: „Ihr könnt zu Markus, Tobias und Dennis ins Fünf-Bett-Zimmer.“ Dann war er auch schon wieder draußen.

Thorsten und Jan schauten sich an. Jan verschloss seine Tasche wieder, die er auf das Bett gestellt hatte. Thorsten stand unschlüssig mit der Chipstüte mitten im Raum.

„Weißt du nicht, wohin mit der Chipstüte?“, fragte Mona schnippisch. „Komm her, ich helfe dir!“ Sie griff nach der Tüte.

Während Thorsten seine Sachen zusammensuchte, packte sich Mona eine Handvoll Chips und aß sie krachend. Alle schauten sie an.

„Was glotzt ihr mich so an? Noch nie jemanden essen sehen?“ Mit Schwung beförderte sie eine weitere Ladung Chips in ihren Mund. Ein Teil davon fiel auf den Boden.

„Da waren sie schon einmal“, dachte Kathi mit Schadenfreude.

Beim Hinausgehen sagte Thorsten: „Mona, ich schenk’ dir die Tüte!“

Als sie sich bedankte, flogen ihr ein paar Chipskrümel aus dem Mund.

Jan schaute auf den Boden und sagte: „Mädels, ihr müsst mal kehren in eurem Zimmer! Sieht ja schlimm hier aus!“

Für den nächsten Tag hatte Herr Sennefeld eine Besichtigung der Innenstadt von London angekündigt.
„Das ist die erste Tour, aber wie ihr euch denken könnt, nicht die letzte. Am Ende der Reise kennt ihr hier jedes einzelne Denkmal und jede Sehenswürdigkeit, verstanden?“ Und nach einer Pause: „Ihr dürft in kleinen Gruppen durch die Stadt stromern. Ihr wisst, eure Eltern haben das erlaubt. Wir treffen uns, wie besprochen, am vereinbarten Treffpunkt. Wehe, es kommt einer zu spät!“ Er sah ganz kurz Markus an, der die zweifelhafte Berühmtheit erlangt hatte, fast nie pünktlich zu sein.
Die Kummerschreck-Bande bildete selbstverständlich eine Gruppe. Tina versuchte, aus dem Stadtplan schlau zu werden, den sie von Herrn Sennefeld bekommen hatten. Jan und Thorsten berichteten derweil von der großen Freude, mit Markus und seinen engsten Freunden in einem Zimmer schlafen zu müssen.
„Ich bin ja nicht der Sauberste“, sagte Thorsten. „Aber in unserem Zimmer haben fünf Jungs nur drei Zahnbürsten.“
„Du hast Probleme!“, lachte Tina.
„Vielleicht hast du Probleme“, sagte Thorsten, als er beobachtete, wie Tina den Stadtplan um hundertachtzig Grad drehte und dann versuchte, ein Straßenschild an einer Häuserwand zu entziffern.
„Du kannst ja die Führung übernehmen“, sagte Tina und fügte spitz hinzu: „Man sollte aber Englisch können, sonst ist der Plan wertlos!“

„Nach Plan gehen? Pah! Ich gehe nach Gefühl!“, sagte Jan.
„Auweia! Bei deinen Gefühlen sind wir bald in Honolulu!“
„Weißt du überhaupt, wo Honolulu liegt?“
„Hört auf!“, brüllte Kathi dazwischen. „Ihr keift ja schon herum wie Mona.“
Sie überquerten mehrere Straßen und staunten über die roten Busse und die schwarzen, buckligen Taxis. Natürlich hatten sie die schon in Büchern gesehen, aber in Wirklichkeit war es noch etwas anderes. Alle vier waren sich einig, die sogenannten Sehenswürdigkeiten zur Nebensache zu erklären. Viel wichtiger war, durch die Stadt zu rennen, Leute anzugucken und sich totzulachen. Sie kicherten auch schon bald über jeden Blödsinn, versuchten, die Palastwachen zum Lachen zu bringen und fragten sich, ob sie wohl Eier unter ihren Bärenfellmützen ausbrüteten.
Sie wollten sich gerade in einem Supermarkt ein paar Süßigkeiten kaufen, als jemand zu Kathi sagte:
„Sie sollten einmal das Themseufer aufsuchen, Gnädigste!“
Kathi drehte sich um, doch niemand war hinter ihr. „Hat jemand was gesagt?“, fragte sie hilflos, und schaute ihre Freunde an. Aber die quatschten und kicherten ohne Pause. Die Stimme hatte Deutsch gesprochen, aber mit einem unverkennbar englischen Akzent.
„Niemand kann mich vernehmen, außer Sie selbst, Mi-

lady“, meldete sich die Stimme wieder. Kathi drehte sich wieder um. „Es ist daher eine unnötige Mühe, zu versuchen, meiner angesichtig zu werden.“
„Wer sind Sie? Und vor allem: wo?“, fragte Kathi, der es mit einem Mal unheimlich wurde.
„In Ihrem Kopf – mit Verlaub. Gregor von Gutenbrink erbrachte mir die Bitte, mit Ihnen in Kontakt zu treten. Wenn ich mich vorstellen darf: Ich bin Sir John Mäc-Feinripp.“
„Gregor?“, brüllte Kathi und die anderen drehten sich um.
„Es ist unserem Gespräch nicht dienlich, Ihre Stimme zu erheben, wenn Sie zu mir sprechen. Eine gedachte Frage tut der Sache Genüge!“
„Es ist nichts!“, sagte Kathi schnell zu den anderen, während sie spürte, wie ihr der Schweiß den Rücken hinabrann. Tina und Jan wandten sich schnell wieder ihren Albereien zu. Nur Thorsten schaute sie weiterhin an, denn er hatte den Namen gut verstanden.
„Was ist los?“, fragte er. Kathi winkte ab und lauschte in sich hinein.
„Wenn Sie die Güte hätten, sich dem Themseufer in Höhe der Docks zu nähern …“
„In Höhe der wem bitte?“, fragte Kathi lautlos dazwischen.
„… der Häfen, genau gesagt bei ‚Oliver's Wharf‘, würden Sie Herrn von Gutenbrinks Bedürfnis der Begegnung mit Ihnen Vorschub leisten.“

„Oh Himmel, redete der Typ schräg“, dachte Kathi.
„Wir unterhalten uns mit angemessen ausgewählten Worten, wenn Sie das meinen“, entgegnete die innere Stimme und Kathi schrak zusammen. Natürlich, Gregor hatte ihr gesagt, die englischen Gespenster würden sich mit der Kraft ihrer Gedanken verständigen. So war das also gemeint.
„Dann erklären Sie mir doch bitte mit angemessenen Worten, wo genau ich Gregor treffen kann!“ Kathi versuchte, sich alles zu merken und bedankte sich. Daraufhin verabschiedete sich Sir John MäcFeinripp, der englische Geist. Kathi schüttelte sich, sie fühlte sich etwas benommen. Dann verkündete sie: „Ich würde gerne an die Themse gehen. Wer kommt mit?“
„Ich hab’ keinen Bock mehr auf Kartenlesen“, meinte Tina.
„Ich führe euch!“, sagte Kathi.
„Wie denn? Du warst doch noch nie da!“
„Wie Jan schon sagte: Ich gehe nach Gefühl … Oder glaubst du, das hätten nur Jungs?“ Sie strahlte Tina an, hakte sich bei ihr ein und die Kummerschreck-Bande machte sich auf den Weg zur Themse.

15. *Kapitel*

Der Schwur: Gregor dreht auf

Sie gingen an alten Hafenanlagen vorbei mit Frachtkränen, die aber nicht mehr in Betrieb waren. Schon lange waren sie keinem Menschen mehr begegnet.
„Was willst du denn in dieser düsteren Gegend?“, fragte Tina.
Obwohl es erst Nachmittag war, wurde es schon dunkler. Tiefe schwarze Wolken waren am Himmel aufgezogen und verkündeten ein nahendes Unwetter.
„Vielleicht sollten wir zurück zur Jugendherberge gehen, bevor wir in den Regen kommen“, meinte Jan.
„In London regnet es immer, hat mein Vater gesagt“, meinte Thorsten. „Wenn wir auf schönes Wetter warten, können wir gleich die ganze Klassenfahrt auf unseren Zimmern verbringen.“ Er hatte das sichere Gefühl, Kathi wollte nicht ohne Grund in diese schmuddelige Ufergegend. Sie schlenderten am Kai entlang und schauten auf das schmutzige Wasser, in dem der Unrat wie schwimmende Inseln das dunkle Brackwasser überdeckte.
„Iiieh!“, schrie Tina auf. „Eine Ratte! Da!“ Sie zeigte auf den Eingang zu einer Halle, deren Tor halb aufstand.
„Hier fühlen sich auch nur Ratten wohl“, sagte Jan und sah sich angewidert um.
„Lasst uns woanders hingehen!“, meinte Tina kläglich.
„Hier müssen wir rein“, bedeutete Kathi den anderen,

ohne auf Tinas Jammern zu achten. In diesem Moment krachte es über ihnen. Alle zuckten zusammen. Dem ersten Donner folgte gleich ein zweiter und sie spürten die ersten Tropfen. Schnell hasteten sie in den Eingang der Halle. Nur das spärliche Licht durch das halb offene Tor machte es ihnen möglich, den Innenraum zu erkennen. Ihre Schritte hallten in dem hohen, fast leeren Raum. Hier musste einst Schiffsfracht für die großen Schiffe gelagert worden sein.

„Was sollen wir eigentlich hier?", fragte Tina.

Das war eine gute Frage, dachte Kathi. Sie war dem Ruf Gregors durch MäcFeinripp gefolgt. Aber sie hatte nicht bedacht, dass Jan und Tina nichts von ihrem Gespensterfreund wussten. Nun musste sie eine Entscheidung treffen. Sollte sie Jan und Tina einweihen oder nicht? Ratlos schaute sie zu Thorsten. Der schien ihre Gedanken lesen zu können, denn er sagte: „Kathi und ich haben hier eine Verabredung."

„Hier?", fragte Jan fassungslos.

„Mit wem? Graf Dracula oder King Kong?", setzte Tina nach.

Plötzlich hörten sie ein Rascheln und Scharren im hinteren Teil der Halle. Alle hielten den Atem an.

„Das sind nur Ratten, Kinder! Ihr braucht keine Angst zu haben!", hörten sie die Stimme ihres Lehrers.

„Herr Sennefeld?", fragte Tina ungläubig.

Statt einer Antwort hörten sie Monas Stimme: „Das ist ja widerlich hier. Können diese Engländer denn nicht

mal aufräumen, bevor Touristen in ihre Stadt kommen?“
Kathis und Thorstens Blicke trafen sich. Sie prusteten los.
Für einen kurzen Moment wurde es in der Halle gleißend hell, dann grollte der englische Himmel, als habe Mona ihn persönlich beleidigt.
„Ey, ihr Schissbuxen! Das ist doch nur ein Gewitter!“ Das war Markus’ Stimme.
„Gregor dreht auf!“, raunte Kathi Thorsten zu.
„Ihr sollt nicht in dunklen Hallen herumhängen, sondern euch lieber den Buckingham Palast ansehen!“, sagte Herr Sennefeld streng.
„Kathi hat uns hierhin gelotst“, entgegnete Tina schnell. Sie sah sich in der dunklen Halle um, konnte aber niemanden entdecken.
„Und wenn Kathi in einen solchen Rattenpalast geht, dann trottest du hinterher“, meinte Herr Sennefeld.
„Das … äh …“ Darauf wusste Tina natürlich keine Antwort.
„Lass es gut sein, Gregor!“, rief Kathi.
„Wer ist Gregor?“, fragte Jan, der die Hände in die Hüften gestemmt hatte. „Ein Gespenst, nehme ich an.“ Er grinste. „Das fehlt hier nämlich noch!“
„Jan ist wieder unser Schlauester!“, sagte Herr Sennefeld und Mona ergänzte: „Wenigstens sind hier keine Meeresgeister.“
„Kommt, lasst uns gehen!“, sagte Jan ängstlich. Wieder

wurde die Halle von einem Blitz erhellt. Mehrere Donnerschläge folgten unmittelbar.
„Gregor, du solltest dich mal zeigen!“, rief Kathi.
„Willst du deine Freunde nicht ein bisschen vorbereiten?“, fragte Gregor mit Bernds Stimme zurück.
„Scheiße! Ich will hier weg!“ Tinas Stimme überschlug sich. Auch Jans Beherrschung schwand mehr und mehr.
„Äh, also, hier sind nicht wirklich Herr Sennefeld, und Mona, oder Bernd, und hm … Markus“, sagte Kathi.
„Das sind sicher nur Gespenster!“, meinte Jan und tippte sich mit dem Finger an die Stirn.
„Nur *ein* Gespenst“, berichtigte Thorsten.
„Natürlich!“, sagte Jan. „Kommt, lasst uns gehen!“ Er wandte sich dem Ausgang zu.
„Mann, wenn ich das den anderen erzähle …“, sagte Tina und wollte Jan folgen, der unschlüssig am Tor stand und sich den wasserfallartigen Regen anschaute.
„Tja“, begann Kathi, „hier lauert ein riesiges Abenteuer. Und wir können es gemeinsam erleben, wir, die Kummerschreck-Bande. Aber ihr müsst einen Eid schwören, keinem Menschen etwas davon zu erzählen!“
„Wovon denn?“, fragte Tina ungeduldig.
„Du musst erst schwören! Und du auch!“, sagte Kathi an Jan gewandt.
„Das ist ja sehr geheimnisvoll!“, flüsterte er lächelnd. Aber man merkte ihm an, dass er neugierig war.
„Also, was ist? Schwört ihr?“

Jan nickte genervt und Tina sagte zu Kathi: „Das ist bestimmt wieder irgendein Blödsinn, den du dir ausgedacht hast, aber meinetwegen!“
„Hebt die Hand!“, sagte Kathi feierlich. „Und sprecht mir nach!“
Jan rollte die Augen. Aber er hob ebenso wie Tina die Hand.
„Wieso hebst du nicht die Hand?“, fragte Tina Thorsten.
„Du musst sie auch heben und schwören!“, bestätigte Kathi. Thorsten nickte.
„Ich schwöre auf die Ehre der Kummerschreck-Bande …“
Jan, Tina und Thorsten wiederholten laut: „Ich schwöre auf die Ehre der Kummerschreck-Bande, …“ und Kathi fuhr fort: „… dass ich niemals …“, die anderen wiederholten auch diesen Teil des Schwurs, „… einem anderen Menschen oder sonstigen Wesen erzähle, …“
„Welchen sonstigen Wesen denn?“, fragte Jan.
„Frag nicht! Schwöre!“, meckerte Kathi ihn an. Alle wiederholten Kathis Worte. „… was ich heute erfahren werde.“
„… was ich heute erfahren werde“, leierten die anderen nach.
„Dies gelobe ich bei der Ehre unserer Freundschaft …“ Alle wiederholten auch diese Worte. „… und besiegle sie mit dem Ruf: Meeresgeist!“
Tina, Thorsten und Jan brüllten ihr Code-Wort heraus,

dass es von den dunklen Hallenwänden noch einige Male zurückgeworfen wurde.
„Der Meeresgeist ist noch nicht da! Aber ich erwarte ihn in absehbarer Zeit“, sagte Gregor und erschien schwebend aus dem hinteren Teil der Halle. Kathi und Thorsten strahlten, als sie Gregor sahen. Jan und Tina glotzten das grünlich weiß schimmernde Gespenst mit offenem Mund an, unfähig, sich zu bewegen.
„Wenn ich mich vorstellen darf: Mein Name ist Gregor von Gutenbrink aus dem Hause derer von Niederfahrenhorst auf Burg Kummerschreck!“ Er machte einen galanten Diener. „Und ihr seid Tina und Jan. Freut mich, euch kennenzulernen!“
„Hallo“, sagte Jan tonlos. Er räusperte sich. Tina starrte immer noch unbeweglich auf den kleinen Geist, der sie so freundlich anlächelte, dass auch sie ihren Schrecken ein bisschen überwand und zu Kathi sprach, ohne Gregor aus den Augen zu lassen: „Wie machst du das, Kathi?“
„Wie mache ich was?“, fragte Kathi lachend.
„Na, diesen Trick hier mit dem schwebenden Geist!“
„Ich glaube, das ist kein Trick“, sagte Jan gedehnt.
„Also, du meinst, es ist ein echtes Gespenst?“, fragte Tina und schluckte.
„Aber selbstverständlich!“, antwortete Gregor.
„Na gut, nehmen wir mal an, das ist wirklich ein echtes Gespenst, wo sind dann Herr Sennefeld, Mona, Bernd und Markus?“

„Keine Ahnung, wo die sind!“, antwortete Kathi grinsend.
Mit Herrn Sennefelds Stimme sagte Gregor: „Diese Tina ist schon eine neugierige Tante!“
Tina glotzte Gregor an. Der fügte mit Monas Stimme hinzu: „Ein bisschen zickig vielleicht und ihre Frisur hat irgendwie nicht mehr den nötigen Halt.“
„Können wir nun die Begrüßungsfeierlichkeiten beenden“, fragte Kathi, „damit wir endlich erfahren, warum du uns so dringend sprechen willst?“
Gregor begann zu erzählen, warum er Kathi gerufen hatte. Atemlos lauschten alle seiner abenteuerlichen Geschichte von der Entführung des Grafen …

16. Kapitel

In ewiger Liebe

Das ist ja fast nicht zu glauben“, meinte Jan.
„Natürlich müssen wir etwas unternehmen!“, sagte Tina.
Thorsten malte mit einem kleinen Stock Muster auf den schmutzigen Boden und fragte plötzlich: „Wie kann denn diese Lady Äbbigel den Grafen aus dem Bild befreien?“
„Ja, eine gute Frage!“, sagte Gregor und neigte traurig den Kopf. „Die Moorgespenster haben sich damals eine sehr große Gemeinheit ausgedacht.“ Er machte eine Pause. „Nur die Liebe kann den Grafen befreien …“
„Wie bitte?“, fragte Tina. Sie redete mit Gregor inzwischen, als unterhalte sie sich täglich mit kleinen schwebenden Gespenstern.
„Vielleicht muss man das Bild küssen“, sagte Jan.
„Fast“, entgegnete Gregor. „Man muss ihm eine Liebeserklärung machen, also, ihm sagen, dass man ihn liebt und so Sachen … Ihr Menschen kennt euch ja damit aus.“
Kathi fragte: „Und dann wird er wieder lebendig?“
„Ja, sofort!“
Tina stemmte die Hände in die Hüften. „Dann wird er schon bald befreit sein!“
„Wieso?“, fragte Thorsten.
„Na, ich werde ihm meine Liebe gestehen“, sagte Tina.

„Oder glaubst du, ich kann das nicht?“ Sie kniete sich vor Thorsten auf den Boden, faltete die Hände, schaute ihm dabei ins Gesicht und sagte: „Oh, Thorsten, ich muss es dir endlich sagen. Nachts wälze ich mich schlaflos im Bett und stelle mir vor, wie ich die Zahnbürste küsse, die du noch kurz zuvor benutzt hast. Ich schnuppere heimlich an deiner Sporttasche, wenn du nicht hinsiehst. Ich wähle dich immer zum Klassensprecher, auch wenn du gar nicht aufgestellt bist. Ja, Thorsten, meine ewige Liebe ist für dich entbrannt, du bist die Antwort auf alle meine geheimen Wünsche. Lass uns fliehen, Geliebter, an die Ostsee, und dort ein neues Leben beginnen, wenn du nur willst!“

Thorstens Gesicht färbte sich knallrot. Kathi und Jan glotzten Tina an und Gregor sagte: „Nicht schlecht, Tina, aber die Sache hat einen Haken.“

„Ich weiß! Die liebende Frau muss volljährig sein. Oder adelig? Oder heilig?“ Tina hob die Augenbrauen.

„Viel schlimmer, Tina“, sagte Gregor. „Die Person muss auch wirklich meinen, was sie sagt.“

„Ach du Schreck! Armer Graf!“, sagte Kathi.

„Was ist denn plötzlich?“, fragte Jan verständnislos.

„Wir werden keine Frau finden, die dem alten Knacker ihre wahre Liebe gesteht“, erklärte Kathi.

„Warum denn nicht?“, fragte Jan.

Tina seufzte. „Jan, du bist nicht der Schönste, aber dennoch ein ganz netter Junge. Vielleicht wird irgendwann mal ein Mädchen für dich schwärmen …“ Jetzt wurde Jan rot. „Aber den alten Mann da in dem Bild wird keiner lieben, denn man weiß ja gar nicht, wie er so ist. Vielleicht nörgelt er immer, wenn er aus dem Bild befreit ist, oder er schmatzt beim Essen – dann wäre er zum Beispiel bei meiner Mutter unten durch – oder er stinkt. Verstehst du?“

Jan nickte langsam und nachdenklich.

Gregor schlug sich vor seine kleine Gespensterstirn. „Doch, es gibt ja jemanden, der den alten Grafen liebt: Lady Äbbigel.“ Alle starrten Gregor an. „Sie will ein rauschendes Fest veranstalten. Ich bin mir fast sicher, da wird sie dem Grafen ihre Liebe gestehen.“

„Dann müssen wir ihn unmittelbar nach der Liebeserklärung befreien“, schlug Kathi vor.

„So einfach ist das nicht“, gab Gregor zu bedenken. „Denn Wilhelm wird der Frau, die ihn aus dem Bild befreit, in ewiger Liebe verfallen. Er kann nichts dagegen machen, es ist der Fluch.“

„Es sieht düster aus für den alten Grafen“, sagte Tina mitfühlend.

„Also müssen wir ihn vorher befreit haben“, überlegte Kathi. „Und wenn wir hier rumstehen, können wir dem Grafen nicht helfen. Ich schlage vor, wir kundschaften erst einmal den Laden von der Lady aus.“

„Das ist eine Galerie und kein Laden“, berichtigte sie Thorsten.

„Ach, du bist ja so klug, mein Geliebter“, jauchzte Kathi und alle lachten – außer Thorsten.

17. Kapitel

Kathis Entdeckung

Als die Kummerschreck-Bande die Galerie erreichte, war sie bereits geschlossen. Sie pressten ihre Nasen an die Scheibe des Geschäftes und bestaunten die düsteren Gemälde an den Wänden. Gregor blieb in Kathis Rucksack versteckt.
„Und jetzt?“, fragte Jan, der sich weniger für die Bilder als für die Umgebung interessierte. Für einen Moment glaubte er, das komische Pärchen aus dem Zug auf der Straße entdeckt zu haben. Aber dann war es auch schon wieder verschwunden.
Keiner wusste so recht, wie es weitergehen sollte.
„Wie spät ist es eigentlich?“, fragte Tina plötzlich.
Thorsten schaute auf seine Uhr und sagte: „Auweia! Wir sollen in zwanzig Minuten am Treffpunkt sein! Wenn wir nicht wollen, dass Herr Sennefeld eine Großfahndung nach uns einleitet, müssen wir uns beeilen.“
Da hörten sie Herrn Sennefelds Stimme aus dem Rucksack: „Nur keine Panik! Ihr solltet dem kleinen Gespenst erst etwas zu essen besorgen. Das darf man ja nicht verhungern lassen!“
„Das Gespenst hat Hunger?“, fragte Tina ungläubig.
„Auf Blut, nehme ich an“, sagte Jan.
„Quatsch, Blut!“, lachte Thorsten. „Wo doch jeder weiß, dass Gespenster Blutorangen essen!“
„Ich habe eine Idee!“, sagte Kathi. „Ihr lauft zum Treff-

YATES
HIGH CLASS
Tea Rooms

punkt und sagt, mmh, was sagt ihr denn? Ihr sagt …“ Sie grübelte angestrengt. „Ihr sagt, ich hätte mir noch eine Galerie angesehen und würde gleich nachkommen. In der Zeit laufe ich mit Gregor in einen Supermarkt und besorge Blutorangen.“

Thorsten nickte nur, während Jan sagte: „Das ist kein Quatsch mit den Blutorangen?“ Er stellte den Kopf schief. „Was man auf so einer Klassenfahrt alles lernt. Da würde sich Herr Sennefeld wirklich wundern!“ Alle lachten.

Die anderen liefen los und Kathi überlegte: Wo konnte hier ein Supermarkt sein? Eine ältere Frau ging gerade an ihr vorbei. Kathi sprach sie an: „Entschuldigen Sie bitte, gibt es hier …“ Der Blick der Dame rief Kathi in Erinnerung, dass sie sich in England befand. Sie wünschte sich plötzlich, sie hätte ihre Vokabeln besser gelernt. Sie versuchte es mit dem Satz: „A supermarket? I need oranges, blood oranges.“

Die alte Frau lachte laut auf, öffnete ihre Tasche und hielt Kathi einen Apfel hin: „Ah, you're hungry. I have only got an apple. Do you want it?“

Oh Gott, Kathi wollte doch nichts essen. „No“, sagte sie entnervt, „oranges in a supermarket!”

Die Frau nickte verstehend und zeigte mit dem Apfel in der Hand in eine Richtung.

Kathi sagte brav: „Thank you!“, und lief los.

Ein paar Straßen weiter fand sie tatsächlich den Super-

markt. Sie wollte gerade hineingehen, als sie Herrn Sennefeld gegenüber in einem Café sitzen sah. Das allein war schon verwunderlich, schließlich sollten sie doch alle um diese Zeit am Treffpunkt sein. Aber viel verwunderlicher war, dass ihr Lehrer in Begleitung war. Er saß neben einer schlanken, aufgedonnerten Frau, die Kathi natürlich sofort erkannte: Mona. Sie hockten nah

beieinander und unterhielten sich offensichtlich sehr angeregt.
„Es riecht hier nach Blutorangen“, hörte sie die Stimme Gregors aus dem Rucksack.
Kathi schrak zusammen. Sie hatte ganz vergessen, warum sie hier war. Schnell eilte sie in den Supermarkt, kaufte ein paar Blutorangen, stopfte sie in ihren Rucksack und eilte wieder auf die Straße. Als sie einen Blick in das Café warf, waren die beiden verschwunden. Auf dem Weg zum Treffpunkt fragte sie sich, was das mit Mona und ihrem Lehrer zu bedeuten hatte. Aber die wichtigste Frage war: Sollte sie Bernd davon erzählen?

Alle erwarteten sie schon. Auch Herr Sennefeld. Er machte ein vorwurfsvolles Gesicht. „Seit wann interessierst du dich für Galerien? Hingen da vielleicht Comics an den Wänden?“
Kathi konnte nicht antworten. Sie starrte Bernd und Mona an, die beieinander standen und lachten. In ihrem Rucksack war ein Schmatzen zu hören. Jan, Tina und Thorsten schauten sie fragend an. Sie wollten wissen, ob sie Blutorangen bekommen hatte.
„Wahnsinn“, dachte Kathi, „mein Lehrer hat vielleicht was mit der Freundin meines Lieblingsonkels, in meinem Rucksack schmatzt ein Gespenst und in einem Gemälde in einer Galerie wartet ein alter Graf darauf, dass man ihm eine Liebeserklärung macht ...“ Kathi fragte sich, wie das alles enden sollte.

18.
Kapitel

Auffällige Touristen

„Das lasse ich mir nicht gefallen!“, sagte Kalligulla laut, weil sie an einer belebten Straße, unweit der Galerie, standen.
„Scht!“, machte Mäggi und schaute sich unsicher um.
„Ich bin Kalligulla, der Meisterdieb von Mülfort“, fuhr er etwas leiser fort. „Und ich lasse mich nicht um meinen verdienten Diebeslohn bringen. Was für eine unhöfliche Frau! Das ist doch keine Lady. Wie kann eine Diebin einen Dieb bestehlen?“ Er schnaufte. „Ich werde das Bild zurückstehlen, Mäggi. Und wenn dieser schrecklichen Äbbigel das Bild wirklich wichtig ist, kann sie es uns abkaufen. Aber diesmal für einen anderen Preis und ohne die Anwesenheit dieser Gorillas!“
„Ach Kalli …“ seufzte Mäggi und fragte: „Wie willst du das denn schaffen? Sicher hat sie das Bild weggeschlossen und lässt es von diesen Typen bewachen!“
Kalligulla fasste sich ans Kinn. „Wir werden versuchen herauszufinden, wo das Bild ist und wie wir es bekommen können. Es wird sich schon eine Gelegenheit ergeben. Da bin ich sicher!“ Ohne eine Erwiderung abzuwarten, marschierte er los.
„Wo willst du jetzt hin?“, fragte Mäggi und folgte ihm.
„In ein Geschäft. Wir brauchen andere Kleidung.“
„Ich denke, wir wollen die Galerie beschatten.“
„Genau!“ Er hob seinen Zeigefinger und schaute Mäggi

stolz an. „Aber dazu müssen wir uns ein bisschen verkleiden. Schließlich wollen wir doch nicht erkannt werden, oder?“

Mäggi seufzte wieder, während sie ein Straßenschild erblickte: „Vielleicht hier, in der Carnaby Street.“

Kurze Zeit später betraten sie ein Bekleidungsgeschäft.

Neu eingekleidet machten sich Mäggi und Kalligulla wieder auf den Weg zur Galerie. Sie trugen kurze Hosen, ihre Füße steckten in Sandalen. Auf ihren weißen T-Shirts stand: „Ich bin eine Sehenswürdigkeit“ (natürlich in Englisch) und auf ihrem Kopf saß jeweils ein Strohhut mit rot gepunktetem Band. Ihre Augen wurden von großen dunklen Sonnenbrillen verdeckt.

„So sehen wir unauffälliger aus. Man wird uns für Touristen halten, die eine Pause brauchen“, sagte Kalligulla. Man konnte ihm ansehen, dass er stolz war auf seinen Einfall. Mäggi hatte Zweifel, ob ihre Verkleidung wirklich so unauffällig war, sagte aber nichts.

Sie erreichten schon bald die Galerie. Kalligulla schaute sich auf der Straße um und entdeckte eine der typischen roten Telefonzellen. Er bedeutete Mäggi, ihm zu folgen, und betrat das Telefonhäuschen. Er nahm den Hörer in die Hand und beobachtete von dort das Geschäft, in

dem die alte Lady Äbbigel mit einem Kunden sprach, der eingehend ein Bild betrachtete.
„Und wie lange wollen wir hier warten?“, fragte Mäggi vorsichtig.
„Bis etwas passiert!“, antwortete Kalligulla bestimmt.
Mäggi schloss die Augen und lehnte sich erschöpft an die Wand der Telefonzelle.

19. *Kapitel*

Tinas Rede

Es nieselte, als die Kinder den Rückweg zur Jugendherberge antraten. Markus brüstete sich damit, dass er eine Palastwache mit einer Apfelkitsche genau an der Bärenfellmütze getroffen hatte. „Der hat das nicht mal gemerkt!“, erzählte er wichtigtuerisch.
Die einzigen, die seine Geschichten toll fanden, waren bekanntlich Dennis und Tobias. Markus achtete nur darauf, dass Herr Sennefeld möglichst nichts von seinen Streichen mitbekam.
Kathi schaute immer wieder hinüber zu Bernd, der neben Mona herging. Bernd schien gute Laune zu haben. Er lachte, packte Mona am Arm, flüsterte ihr etwas ins Ohr oder zappelte albern vor ihr her. Herr Sennefeld ging vorne mit einigen Kindern. Er erzählte irgendetwas über die Königin von England.
Sie durchquerten einen Park. Endlich hatte es aufgehört zu regnen. Die Sonne ließ sich sogar blicken. Kathis Überlegungen, ob und wann sie Bernd erzählen sollte, dass sie Herrn Sennefeld mit Mona in der Stadt gesehen hatte, wurden unterbrochen durch einen Mann, der lautstark zu einigen Menschen sprach. Alle wurden aufmerksam. Der Mann trug einen schwarzen Anzug, auf seinem Kopf saß ein rundlicher Hut. Er stand auf einem kleinen Hocker und unterstrich seine Worte durch Bewegungen mit dem zusammengefalteten Schirm, den

er in der Hand hielt. Jemand aus Kathis Klasse fragte Herrn Sennefeld, was der Mann da mache.
„Hier ist *Speaker's Corner.* Eine alte Tradition bei den Engländern. Hier kann jeder seine Meinung sagen, ohne bestraft zu werden, sogar über die Politik der englischen Regierung."
„Hier kann wirklich jeder sagen, was er will?", fragte Tina.
„Ja, jeder!", antwortete Herr Sennefeld.
„Auch Kinder?", fragte sie nach.
Herr Sennefeld nickte. „Willst du auch mal eine Rede halten?" Er lächelte.
Als hätten sich alle abgesprochen, stellten sie sich in einigem Abstand in einen Halbkreis um Tina. Die spannte ihren Körper an, setzte eine ernste Miene auf – mit dem Ergebnis, dass einige kicherten – und hielt eine Rede, die später noch oft Thema in den Erinnerungen an die Klassenfahrt war: „Hochverehrtes Publikum …", begann Tina.
„Sind wir im Zirkus?", fragte Dennis dazwischen.
„Irgendwie muss ich euch ja anreden, oder?", fauchte Tina. „Und jetzt halt die Klappe! Ich rede!" Sie räusperte sich und fing noch einmal an: „Hochverehrtes Publikum, ich bin zu der Überzeugung gelangt, dass die Erfindung der Schule eine der folgenschwersten Fehler seit der Einführung von Gefängnissen ist." Einige Kinder applaudierten spontan. Herr Sennefeld grinste.
„Wo gibt es das, dass man junge hilflose Menschen, die

Spaß am Leben haben, zu zwanzig oder dreißig Personen stundenweise in einen Raum einpfercht und sie zu nervtötenden Tätigkeiten wie dem Ausfüllen von langweiligen Arbeitsblättern zwingt? Oder sie zum Ausrechnen von Aufgaben folgender Art verdonnert: Wie viel kosten 40 Gramm Möhren, wenn ein Sack Kartoffeln 4 Pfund wiegt? Und ihnen dabei auch noch weismachen will, sie lernten etwas fürs Leben?“

Donnernder Applaus von den Kindern. Herr Sennefeld klatschte lächelnd und Bernd schlug sich auf die Schenkel. Nur Mona schüttelte den Kopf.

Tina hatte sich in einen Rausch geredet: „Lernen Kinder in der Schule wirklich Englisch fürs Leben? Wer von euch kann hier in London seine Lieblingseissorten in einer Eisdiele aufsagen?“ Sie machte eine Pause und schaute einzelne Kinder an, hob den linken Zeigefinger und sagte: „Ich frage euch: Wie sehen eure Betten aus, die ihr selber beziehen musstet? Ist es nicht so, dass ihr euch gewünscht hättet, jemand hätte es euch vorher beigebracht? Wäre das nicht ein Unterrichtsfach, das uns wirklich auf das Leben vorbereitet: Bettenbeziehen?“

Die Kinder machten sich einen Spaß daraus, dazwischenzurufen: „Richtig!“, „So ist es!“, „Hört, hört!“ und anderes. Jemand brüllte: „Nieder mit den Schulen!“

„Musiklehrer erzählen uns von Komponisten, die über zweihundert Jahre tot sind. Und warum tun sie das? Weil sie die lebenden Musiker gar nicht kennen. Und das sollen Lehrer sein? Sie stellen uns Computer in die Klassen und lassen die Schüler nach dem Abstürzen alle Daten retten …“, sie hob die Stimme, „… weil sie es selber gar nicht könnten!“

„Richtig! Schafft die Lehrer ab!“, brüllte Thorsten.

Als sich Herr Sennefeld herumdrehte, ahnte jeder, dass er gerne gewusst hätte, wer der Rufer gewesen war. Thorsten starrte angestrengt auf Tina, als habe er gar nicht bemerkt, dass sich sein Lehrer umgeschaut hatte.
„Worin sind denn Lehrer wirklich Experten?“, fragte Tina und machte eine kleine Pause, bevor sie die Antwort gab: „Sie kennen sämtliche Ferientermine!“
Alle brüllten vor Lachen.
„Schule taugt als Treffpunkt für Freunde und Freundinnen. Zu weiter nichts! Wenn ein Schulgebäude wenigstens so aussehen würde wie der Buckingham Palast … Aber niemand benötigt den Unterricht, den wollen doch nur die Lehrer!“
„Weg mit der Schule!“, brüllten einige Kinder mehrmals hintereinander im Chor.
„Deshalb, liebes Publikum, lasst uns die Schule abschaffen, bevor die nächste Generation Schüler mit unsinnigen Rechenformeln, lebensgefährlichen Turnübungen und langweiliger Grammatik gequält wird!“ Sie reckte beide Hände in die Luft und alle brachen in tosenden Beifall aus. Tina verneigte sich und trat aus der Mitte.
Als sich die Kinder ein wenig beruhigt hatten, sagte Herr Sennefeld: „Ich habe die Freude, euch mitzuteilen, dass morgen keine Schule ist. Stattdessen sollt ihr das Leben in London studieren. Dazu müsst ihr aber ausgeschlafen sein. Ich darf euch daher bitten, heute rechtzeitig ins Bett zu gehen!“ Er zeigte nach vorne. „Also, ab in die Herberge!“

20. Kapitel

Der Plan

Keines der Kinder verschwendete einen einzigen Gedanken an Schlaf. Kathi, Tina, Thorsten und Jan wollten sich nach dem Abendbrot zu einer Kummerschreck-Lagebesprechung im Zimmer der Mädchen treffen. Während des Essens waren Kathis Gedanken aber immer bei der Überlegung, ob sie Bernd von dem Treffen zwischen Mona und Herrn Sennefeld erzählen sollte. Vielleicht steckte gar nichts dahinter und sie machte sich lächerlich, wenn sie Bernd ihre Beobachtung mitteilte. Oder Bernd veranstaltete einen riesigen Krach mit Mona, die dann wutentbrannt abreiste. Womöglich wurde dann die ganze Klassenfahrt abgebrochen. Aber durfte sie deshalb Bernd im Unklaren lassen? Kathi seufzte.

„Magst du deinen Pudding nicht?", fragte Tina, die neben ihr am Tisch saß. Kathi zuckte zusammen, schaute auf die weißliche Masse in dem Schüsselchen vor sich, schüttelte nur den Kopf und schob den Grieß Tina rüber. Kathi hing weiter ihren Gedanken nach. Was sollte sie nur tun?

Als die Kummerschreck-Bande im Mädchenzimmer zusammengetroffen war, setzte sich auch Gregor mit in die Runde. Die wichtigsten Fragen waren: Wie kamen

sie an die beiden Schlüssel und wie an die Zahlenkombination des Tresors?
„Wir klauen den ganzen Tresor“, schlug Jan vor. „Das habe ich mal in einem Krimi gesehen. Die haben den mit einem Seil verschnürt, das andere Ende an ein Auto gebunden, sind losgefahren und dann flog der Tresor durch das Fenster auf die Straße. Schnell den Tresor auf den Wagen geladen und ab ging es.“ Jan schlug sich zur Bekräftigung dieser guten Idee mit der Faust in die flache Hand.
„Super Idee!“, sagte Tina. „Besorg schon mal das Auto; ich übernehme das mit dem Seil!“
Jans Gesichtsausdruck veränderte sich schlagartig. Er fing sich schnell und sagte: „Okay, vielleicht hat jemand einen besseren Vorschlag.“

Alle grübelten vor sich hin. Kathi sagte in die Stille des Raumes: „Wenn wir nicht die Zahlenkombination des Tresors erfahren, brauchen wir uns um die Schlüssel gar nicht mehr zu kümmern.“
„Man müsste in ihren Kopf gucken können“, murmelte Thorsten vor sich hin. Es dauerte nur eine Sekunde, da sprang Kathi auf und schrie Gregor an: „Natürlich! MäcFeinripp! Das ist die Lösung!“ Sie schaute Gregor erwartungsvoll an und fragte: „Was ist? Wird MäcFeinripp das für uns tun?“
„Warum nicht?“, sagte Gregor leichthin. „Gespenster helfen sich immer untereinander.“

„Wer zum Teufel ist denn MäcFeinripp?“, fragte Tina.
„Ein Gespenst“, antwortete Gregor.
„Noch eins?“, fragte Tina und schaute Gregor an. Sie konnte es eigentlich immer noch nicht fassen, dass sie hier ganz selbstverständlich mit einem Gespenst auf ihrem Zimmer saß. Ein kleiner Geist, der Blutorangen mochte.
Gregor antwortete: „Natürlich. Für MäcFeinripp müsste es leicht sein. Vorausgesetzt, Äbbigel denkt in seiner Anwesenheit an die Zahlenkombination.“
„Kann mir mal einer sagen, wovon ihr redet?“, fragte Tina genervt.
„MäcFeinripp ist ein Gedankengespenst“, erklärte Kathi. „Er kann in den Gedanken von anderen Menschen lesen und mit dir sprechen, ohne dass es die Umgebung mitbekommt. Er hat mir auch gestern den Weg zu den Docks erklärt“, fügte sie hinzu.
„Na schön! Mal angenommen, dieser Gedankengeist kommt an die Zahlenkombination. Fehlen immer noch zwei Tresorschlüssel. Ganz davon abgesehen, dass wir das Bild ja auch klauen müssen.“ Thorsten trommelte mit den Fingerspitzen auf dem Tisch und sagte: „Na ja, Stehlen ist für mich ja nicht ganz so locker wie Zähneputzen.“
„Wenn du dir die Zähne öfter putzt als du Bilder klaust, bist du für deine Mutter sicher eine große Freude“, meinte Tina spitz.
„So kommen wir nicht weiter“, sagte Kathi. „Ich habe

keine Bedenken, das Bild zu stehlen, um den Grafen zu retten. Aber wie kommen wir an die Schlüssel?"
Niemand hatte eine Idee.
„Wir haben keine Chance", sagte Jan. „Äbbigel erwartet doch, dass jemand das Bild stehlen könnte. Deshalb hat sie es auch mit zwei Schlüsseln und einer Zahlenkombination geschützt."
„Oder wir warten bis zu ihrem Fest, stürmen die Bude und entreißen ihr das Bild genau in dem Moment, in dem sie mit ihrer Liebeserklärung beginnen will", ereiferte sich Tina. Solche Raubzüge waren eher nach ihrem Geschmack als dieses mühselige Grübeln, mit dem sie sich nun fast eine Stunde quälten.
Thorsten überlegte laut: „Könnt ihr euch noch erinnern, wie auf dem Schiff Markus' Gürtel plötzlich weich wurde und ihm die Hose herunterrutschte? Ich weiß nicht, wie das kommen konnte. Aber das wäre eine feine Lösung für die Schlüsselkette um Äbbigels Hals."
„Hast du nicht angedeutet, dass das die Meeresgeister waren?", fragte Kathi Gregor.
Der lächelte. „Natürlich waren das die Meeresgeister. Genau genommen war es Helmes Wellenstreicher."
„Schon wieder ein Geist?", fragte Jan ungläubig. „Gibt es eigentlich in England mehr Menschen oder mehr Gespenster?"
„Sicherlich würde uns Helmes helfen", bestätigte Gregor. „Das Problem ist, er lebt im Meer, wie der Name schon sagt. Und Meeresgespenster können nicht lange

an Land bleiben. Aber er könnte durch die Themse zu den Docks kommen. MäcFeinripp müsste ihn rufen."
„Fehlt also nur noch der Schlüssel im Schuh von Äbbigels Aufpasser", überlegte Kathi.
„Das übernehme ich", sagte Gregor und hatte schon eine Idee.
Sie würden also tatsächlich versuchen, den Grafen zu befreien. Kathis Herz schlug höher bei dem Gedanken an dieses Abenteuer.
„Kein Wort zu irgendjemandem!", sagte Kathi feierlich. „Bei der Ehre der Kummerschreck-Bande! Code-Wort: Meeresgeist!'"
Alle brüllten im Chor: „Meeresgeist!" Auch Gregor.

21.
Kapitel

Kein Gespräch mit Bernd

Die anschließende Chips-Party verlief ziemlich ruhig. Kathi, Tina, Thorsten und Jan hingen lustlos auf den Betten herum. Die Geschehnisse hatten alle ein bisschen ermüdet, aber niemand wollte vorschlagen, schlafen zu gehen. Irgendwann klopfte Bernd an und kam herein. „Na, ihr Kekse! Noch nicht müde?“
„Kein bisschen!“, sagte Tina, während sie mühsam ein Gähnen unterdrückte.
„Natürlich nicht.“ Bernd grinste. „Wenn ich dennoch die Herren bitten dürfte, ihr eigenes Zimmer aufzusuchen …“
Jan und Thorsten standen murrend auf. Als sie gegangen waren, verschwand Tina in den Waschraum und Kathi und Bernd waren plötzlich allein. „Na, alles im Lot, kleine Maus?“, fragte er und setzte sich zu ihr an den Tisch.
„Klar“, antwortete Kathi leichthin, obwohl eigentlich nichts klar war. Für einen Moment sagte keiner etwas. Kathi konnte die Stille nicht aushalten. „Wie geht's Mona?“
Bernd schaute Kathi an. Sie wich seinem Blick aus.
„Klassenfahrten werden wohl nie ihre Lieblingsform des Reisens werden“, meinte Bernd grinsend.
„Und wie geht es euch beiden miteinander?“, fragte Kathi nun. Sie hielt die Luft an.

Bernd zog die Augenbrauen hoch, dann sagte er: „Irgendwie wie immer, könnte man sagen."
„Glaub' ich nicht!", sagte Kathi und staunte über ihre Worte.
„Wieso nicht?", fragte Bernd, wartete aber nicht ihre Antwort ab, sondern sagte: „Na, es ist keine gute Zeit. Wir machen viel getrennt im Moment. Warum, weiß ich auch nicht genau. Sie ist wohl nicht sehr zufrieden. Aber ich kann ihr auch nicht helfen. Mal sehen, ob es sich wieder einrenkt."
Bernd hatte bei den letzten Worten vor sich hin geblickt. Er sah traurig aus, fand Kathi.
„Glaubst du, dass sie dich liebt?", fragte sie. Bernd schaute wieder auf.
„Du stellst aber Fragen! Donnerwetter!" Er verschränkte die Finger ineinander und wollte gerade antworten, als sich die Türe öffnete und Tina eintrat.
„Stör' ich?", fragte sie munter und sprang auf ihr Bett.
Bernd blickte Kathi kurz an und sagte: „Na, dann mal gute Nacht, ihr zwei. Morgen stehen wieder Sehenswürdigkeiten auf dem Programm. Also, schlaft gut!" Er winkte den beiden von der Türschwelle noch einmal zu, knipste das Licht aus und schloss die Türe.
Kathi lag noch lange wach.

22. *Kapitel*

Tee ohne Kekse

Als Gregor mit dem Gedankengeist Kontakt aufgenommen hatte, war MäcFeinripp sofort bereit, seinem Gespensterfreund und den Kindern bei der Befreiung des Grafen zu helfen. Er verständigte Helmes Wellenstreicher, mit dem sie sich am frühen Abend bei „Oliver's Wharf" an den Docks treffen wollten. Der Meeresgeist würde eine Weile brauchen, bis er London durch die Themse erreicht hatte, da er schwimmen musste und nicht in Gedanken reisen konnte wie MäcFeinripp. Der Gedankengeist gab zu bedenken, dass die beiden Schlüssel fast gleichzeitig entwendet und der Tresor unmittelbar danach geöffnet werden musste. Äbbigel würde nämlich misstrauisch werden, wenn ein Schlüssel fehlte, und den Tresor sofort durch die beiden Leibwächter bewachen lassen. Gregor stimmte zu.
MäcFeinripp sollte auch die Kinder zu den Docks rufen, um gemeinsam zu entscheiden, wann sie zuschlagen sollten. Dann verabschiedete er sich, um die Zahlenkombination in Erfahrung zu bringen. „Je länger ich in Äbbigels Gedanken auf der Lauer liege, umso größer ist die Chance, dass sie einmal daran denkt."

Gregor machte sich auf zu den Docks. Er nahm einen kleinen Umweg, um einen Blick in die Galerie zu werfen. Dort angekommen, suchte er Schutz neben einer

der roten Telefonzellen und schaute in das Geschäft. Lady Äbbigel stand mit einem Kunden vor einem Gemälde. Sie unterhielten sich angeregt. Von den beiden Bewachern war nichts zu sehen.
Gregors Gedanken wurden unterbrochen durch einen Bobby – so nennt man die englischen Polizisten – der sich der Telefonzelle näherte. Er öffnete die Türe und sagte etwas zu einem Pärchen, das darin zu telefonieren schien. Er hörte den Mann auf Deutsch sagen:
„Wir telefonieren, Herr Wachtmeister!“
Der Bobby stutzte und versuchte in deren Sprache zu antworten: „Das ist lange telefonieren.“
„Wir reden mit einer Tante aus Donauwörth“, erwiderte der Mann. „Sehr wichtig!“
Der Bobby schaute auf das Telefon und sagte plötzlich: „No Telefon, du!“ Und tatsächlich konnte man sehen, dass der Mann gar kein Geld eingeworfen hatte.
„Wir sind auch gerade fertig“, sagte der Mann und lächelte unsicher. „Wir müssen jetzt weiter.“
Die beiden ließen den verdutzten Polizisten stehen und gingen zügig die Straße hinauf. Der Bobby schaute den beiden nach und schüttelte ungläubig den Kopf.
Als sich die Türe zur Galerie öffnete, huschte Gregor im gleichen Moment hinein, als der Kunde hinausging.
Lady Äbbigel setzte sich an einen Tisch und steckte sich eine Zigarette in ihr langes Mundstück. Dabei rief sie: „Locke, Lollypop, ihr verschlafenen Miststücke! Wo steckt ihr?“

Die zwei Muskelmänner versuchten beide gleichzeitig, durch die Öffnung mit dem Vorhang aus dem hinteren Teil des Ladens zu kommen und rempelten sich gegenseitig an.

„Ihr seid wirklich ein paar Trottel! Kocht mir einen Tee, los!“

Die beiden murmelten etwas und verschwanden hinter der Öffnung. Gregor folgte ihnen.

„Es ist fast kein Tee mehr da“, sagte der Glatzkopf zu dem anderen.

„Dann wirst du morgen neuen besorgen! Sonst macht die Alte einen Aufstand“, erwiderte der andere.

Als der Tee fertig war, trug der mit den Locken das Tablett. Der andere hielt ihn auf. „Locke, du hast die Kekse vergessen. Willst du, dass die Lady einen Herzanfall vor Wut bekommt?“

Nun wusste Gregor also den Namen des Schlüsselträgers: Locke. Ein seltsamer Name. „Lollypop“ passte jedenfalls zu der Glatze des anderen. „Er sieht fast aus wie ein Lutscher“, dachte Gregor und lächelte vor sich hin.

Er hatte genug gesehen. Als er gerade die Galerie verlassen wollte, klingelte die Türglocke. Schnell versteckte er sich.

23. Kapitel

Touristenkitsch

MäcFeinripp hatte Kathi informiert, dass Gregor die Kummerschreck-Bande bei den Docks treffen wollte, um den Plan zu besprechen. Vorher wollte er noch den Laden der alten Äbbigel auskundschaften. Leider hatte Herr Sennefeld entschieden, dass Mona ausgerechnet die Tagestour von Kathi, Tina, Thorsten und Jan begleiten sollte.

„Dass mir keiner Geld für diesen Touristenkitsch ausgibt“, mahnte Mona.

„Ich würde ja gerne mal wieder ein paar Bilder angucken, in einem Museum oder einer Galerie“, sagte Thorsten leichthin und schaute Kathi an, während Mona staunte: „Du bist ja ein richtig gebildeter Junge! Wofür du dich alles interessierst …“

„Gute Idee!“, fand Kathi, ohne auf Monas Bemerkungen einzugehen.

„Warst du wirklich gestern in einer Galerie, als du zu spät zum vereinbarten Treffpunkt gekommen bist?“, fragte Mona und stolperte, weil sie mit ihrem spitzen Absatz in einem Riss im Asphalt stecken geblieben war. Sie fluchte vor sich hin. Scheinbar zufällig näherten sie sich Äbbigels Galerie. Mona wollte tatsächlich gerne hinein und den anderen war es nur recht. Lady Äbbigel kannte keines der Kinder und so konnten sie sich in Ruhe in dem Laden umsehen. Das war hilfreich, auch wenn sie noch nicht den genauen Plan zur Befreiung Wilhelms kannten.

Vor der Galerie lungerten ein Mann und eine Frau in lächerlicher bunter Kleidung herum. Er war sehr klein und sie sehr groß. Sie sahen aus wie Touristen, die nicht wussten, wo sie lang mussten. Die Kinder quetschten sich an ihnen vorbei und betraten den Verkaufsraum.

Mona kreischte sofort: „Echt irre hier!“

Sekunden später erschien eine ältere Frau hinter dem Vorhang. An Monas Worten hatte sie erkannt, dass ihre Gäste keine Engländer waren und sagte auf Deutsch: „Herzlich willkommen, meine Damen und Herren, mein Name ist Lady Äbbigel von Sinnen!“

„Unangenehme Frau“, dachte Kathi.

„Sie sind interessiert an englischer Malerei? Sehr sympathisch!“ Sie paffte an ihrem Zigarettenmundstück, setzte sich auf einen samtenen Stuhl und beobachtete Mona, die in dem Laden herumstelzte, als sei es eine Modeboutique.

„Was für finstere alte Kerle, die Sie da an die Wand genagelt haben.“ Mona stellte sich so nah vor die Bilder, als sei sie kurzsichtig.

„Ach, Sie kennen sich aus“, sagte Äbbigel einschmeichelnd.

„Wissen Sie, ich bin ganz hingerissen von diesen alten Knackern an Ihrer Wand!“ Sie schaute auf einen Zettel neben einem Bild und las: „Hartmut von Halblang, Graf von Tottenhof der Zweite … Toller Name.“

Kathi musterte in der Zwischenzeit unauffällig den Laden. Die beiden Muskelmänner waren nicht zu sehen und der Vorhang war zugezogen. Sie musste unbedingt einen Blick dahinter werfen. Kurz entschlossen zog Kathi den Vorhang zur Seite.
„Was machen Sie da?“, schrie Äbbigel auf.
Für einen Moment sah Kathi, wie die beiden Leibwächter vor dem Tresor hockten. Die Tür stand offen und der verpackte Graf Wiesenfeld lehnte darin an der Wand.
„Ich muss mal!“, rief Kathi.
Die beiden Bewacher drehten sich erschrocken um und der Lockenkopf schlug mit Wucht die Tresortüre zu.
„Get out!“, schnauzte der Kahlköpfige.
Kathi machte kehrt und fragte mit ihrem unschuldigsten Gesicht, wo es hier denn eine Toilette gäbe. Lady Äbbigel schüttelte nur den Kopf und musterte Kathi von oben bis unten. Konnte die alte Dame Verdacht geschöpft haben?
„Na ja, ich kann es noch ein bisschen aushalten!“, sagte Kathi schüchtern und blickte hinüber zu Mona. Die bestaunte immer noch fasziniert die Gemälde.
„Schade, so was kann ich mir nicht leisten“, sagte sie mit Blick auf die Preise, die klein unter den Titeln an den Wänden zu lesen waren.

Lady Äbbigel merkte, dass sie es hier wohl nur mit neugierigen Touristen und nicht mit reichen Kunstliebhabern zu tun hatte, und verlor das Interesse. „Sie ent-

schuldigen mich!", sagte sie nur und verschwand hinter dem Vorhang.
Nach einer Weile hörte man hinter dem Vorhang die Stimme Lady Äbbigels: „Das war gerade eine sehr nette Kundin. Mit viel Verständnis und Interesse für die alte englische Malerei …" Mona horchte auf. „Zudem so hübsch und geschmackvoll gekleidet!"
Kathi verdrehte die Augen. Wieso fiel Mona nicht auf, dass die alte Lady auf Deutsch über Mona sprach? Wahrscheinlich wurde man doof im Kopf, wenn man Komplimente gemacht bekam, dachte Kathi. Jedenfalls schaute Mona die Kinder mit einem Blick an, als wolle sie sagen: „Seht ihr, ich bin eine tolle Frau!"
„Fast hätte ich ihr das Bildnis des alten Grafen Hartmut von Halblang geschenkt, dieser anmutigen, stillen, eleganten, wunderbaren Mona."
Kathi fand, jetzt übertrieb Gregor den Spaß.
Mona schreckte auf und starrte auf den Vorhang. „Woher kennt Sie meinen Namen?", fragte sie unsicher.

Kathi schluckte und fragte sich, wie sich Gregor aus dieser brenzligen Situation befreien würde. Doch in diesem Moment kam Lady Äbbigel durch den Vorhang in den Raum. Sie schaute Mona und die Kinder so finster an, dass sich Mona nicht traute, sie anzusprechen.

„Wir schließen bald!“, sagte die alte Lady und das hieß so viel wie: „Verschwindet!“
Mona verließ mit den Kindern die Galerie und schwärmte weiter von den schönen Bildern. Sie zeigte sogar Verständnis für den halben Rauswurf. „Die Dame muss sicher auch viel arbeiten in ihrer Galerie.“ Sie ging vor den vieren her, während sie ihnen erklärte, dass man sich für Kunst interessieren müsse, weil es irgendwie wichtig sei.
„Ich brauche jetzt mal einen Kaffee“, sagte sie plötzlich. Kathi reagierte schnell: „Wir gehen hier so lange noch ein bisschen die Straße rauf und gucken uns die Geschäfte an, ja?“
„Ihr wollt also doch diesen Touristenkitsch kaufen“, seufzte Mona und stakte auf einen Tisch in einem Straßencafé zu.
„Bis später“, riefen alle vier fröhlich und hüpften um die nächste Ecke. Sie mussten nicht lange warten, bis Gregor erschien. Er hatte das verschmitzte Grinsen auf seinen Lippen, das Kathi schon so lange an ihm kannte, als sie sagte: „Du hast Mona zu einer überzeugten Kunstliebhaberin gemacht.“
„Ja, ich dachte, das ist mal was anderes als eine Mona, die immer nur über Gesichtscremes und Haarfestiger redet …“
„Ja, klar!“ Jan schlug sich mit der flachen Hand an die Stirn und schaute Tina an. „Gregor hat Mona auf den Arm genommen.“

„Wie sieht es aus, Gregor? Was hast du erreicht?“, fragte Kathi ungeduldig. Jetzt mussten sie sich ja nicht mehr an den Docks treffen, wie ursprünglich vereinbart.
Das kleine Gespenst berichtete stolz, dass sich Mäc-Feinripp um die Zahlenkombination des Tresors kümmern würde und er auch Helmes Wellenstreicher, das Meeresgespenst, gerufen habe. Es würde wohl so gegen Abend in den Docks an der Themse ankommen.
„Und wann schlagen wir zu?“, fragte Jan, als spielten sie in einem Krimi mit.
„Wir haben ja noch nicht die Schlüssel“, gab Gregor zu bedenken. „Helmes und ich werden uns morgen darum kümmern. Aber dann muss alles sehr schnell gehen. Bevor Äbbigel merkt, dass die Schlüssel nicht mehr da sind, sollte der alte Graf befreit sein.“
Alle nickten vor sich hin und überlegten, wie das wohl gehen könnte.
Gregor stellte seine Idee vor: „Wir sollten den Grafen jedenfalls nachts klauen, denn dann sind keine Kunden im Laden oder die Muskelmänner und Äbbigel.“
Thorsten überlegte laut: „Ich glaube, die beste Zeit ist, kurz bevor der Laden schließt. Da haben wir die Galerie für uns alleine. Und wir können vorher schon jemanden in den Laden schleusen, der von innen die Tür öffnet. So machen wir auch keinen Krach.“
„Ich hab’ Schiss!“, sagte Jan plötzlich. Alle schauten ihn an. Erst wollte Kathi protestieren, aber dann merkte sie, dass es ihr nicht anders ging. Fast hätte sie ihn in den

Arm genommen. Er war sehr nett und es machte ihr etwas aus, dass er so traurig dreinschaute. Auch Thorsten und Tina entgegneten nichts und das war schon Antwort genug.

„Wir müssen sehr vorsichtig sein“, sagte Gregor. „Dann wird es schon klappen.“

„Und wann treffen wir uns?“, fragte Thorsten. „Morgen Abend?“

Gregor schaute die Kinder der Reihe nach an. „Mäc-Feinripp gibt euch Bescheid!“

„Treffpunkt?“, fragte Kathi.

„An der Telefonzelle vor der Galerie“, entgegnete Gregor.

„Code-Wort: Meeresgeist!“, rief Kathi plötzlich und die anderen echoten im Chor.

Sie eilten zurück in das Straßencafé, in dem Mona einen Milchkaffee schlürfte. „Das hat ja ewig gedauert“, maulte sie.

Keiner erwiderte etwas. Mona zahlte und sie machten sich auf zur Jugendherberge.

„Und was für einen Kitsch habt ihr gekauft?“, fragte Mona neugierig.

„Gar nichts“, sagte Tina. „Für so was haben wir keine Zeit!“

Mona hob die Augenbrauen und schwieg den Rest des Weges.

24.
Kapitel

Warten

Am nächsten Morgen beim Frühstück saßen Bernd, Mona und Herr Sennefeld zusammen. „Das waren wirklich beeindruckende Bilder“, sagte Mona gerade. „Diese ausdrucksstarken Gesichter. Da ist so viel Lebenserfahrung drin …“
„Ja, ich weiß, was Sie meinen. Die Gesichter scheinen eine Geschichte zu erzählen“, meinte Herr Sennefeld.
„Aber eigentlich sagen sie ja gar nichts“, mischte sich Bernd ein.
Mona schaute ihn an. „Du hast einfach keinen Sinn für Kunst. Du interessierst dich nur für Fußball!“ An Herrn Sennefeld gewandt sagte sie: „Ich muss Ihnen die Bilder unbedingt mal zeigen!“
„Aber gern!“, sagte dieser. „Wo ist denn diese Galerie?“
Mona runzelte die Stirn. „Hm, die Kinder haben mich hingeführt. Ich glaube, sie war irgendwo in einer Seitenstraße der ‚Carnaby Street‘.“
„Wir könnten uns die Galerie ja heute mal zusammen anschauen“, schlug Herr Sennefeld vor. Mona jauchzte vor Vergnügen. Kathi sah zu Bernd hinüber, der mit seinem Blick durch den Speisesaal wanderte. Sie spürte, wie unwohl er sich fühlte, und hatte Mitleid mit ihm. So gerne hätte sie ihn getröstet, auch wenn sie gar nicht wusste, was eigentlich los war.

Die Kummerschreck-Bande hatte sich nach dem Frühstück auf dem angrenzenden Spielplatz getroffen. Weil es ein bisschen vom Himmel tröpfelte, waren sie allein.
„Ich bin gespannt auf heute Abend“, meinte Jan. Er zog mit seinem Schuh kleine und große Kreise in den feuchten Sand. Die anderen sagten nichts. Jeder malte sich in seiner Fantasie aus, wie der heutige Abend ablaufen würde.
„Na, erst einmal müssen wir doch heute Morgen die Führung mitmachen“, erinnerte sie Tina. „Den Nachmittag haben wir frei und heute Abend ist die Party angesagt.“
„Was machen wir eigentlich mit dem Grafenbild, wenn wir es haben? Wir können ja schlecht zu Herrn Sennefeld sagen, wir hätten ein Gemälde gekauft, als Erinnerung an London. Das glaubt der uns doch nie“, überlegte Kathi.
„Das ist das zweite Problem“, meinte Thorsten. „Ich finde, erst einmal müssen wir ihn überhaupt befreit haben.“
Jan nickte, während er hörbar einatmete. Sie mussten irgendwie die Zeit totschlagen. Mit einem Gefühl, als hätten sie einen Propeller im Bauch, hingen sie herum und warteten darauf, dass MäcFeinripp sie rief.
„Vielleicht können wir es ins Museum schicken“, sagte Kathi nun, die noch immer mit ihren Gedanken beschäftigt war. „Anonym. Oder meint ihr, das Porto wäre zu teuer?“

Thorsten zuckte mit den Schultern, aber niemand sagte etwas. Kathi konnte ja auch nicht ahnen, dass alles ganz anders kommen würde …

25. Kapitel

Ungewaschene Füße

Es war schon Nachmittag, als Gregor Helmes Wellenstreicher, den Meeresgeist, aus dem schlammigen Themsewasser auftauchen sah.

„Das ist eine blubbige Reise gewesen", sagte Helmes. Er winkte Gregor und platschte an Land. Helmes war ungefähr so groß wie Gregor und auch bei ihm konnte man keine Beine sehen. Stattdessen schien er auf seinen schlingpflanzenartigen Tentakeln dahinzugleiten.

„Gut, dass du endlich da bist", sagte Gregor. „Heute Abend soll es losgehen. Hat dich John MäcFeinripp über alles informiert?"

Helmes nickte. „Wo ist denn diese Galerie?“, fragte er. „Hoffentlich nicht so weit vom Ufer entfernt.“

„Na ja, aber du wirst es schaffen“, entgegnete Gregor. „Wir müssen uns beeilen.“

Helmes schaute drein, als solle er die Sahara durchqueren. Sie machten sich auf den Weg.

Der Verkehr in London war laut und wurde zunehmend dichter. Viele Menschen hatten Feierabend und machten sich auf den Heimweg. Gregor und Helmes schwebten und glitten unbemerkt an den Häuserwänden entlang. Bald waren sie an der Galerie angekommen und schauten durch das Fenster. Sie entdeckten Lady Äbbigel, die an ihrem Zigarettenmundstück paffend im Laden saß. Als Kunden durch die Eingangstüre gingen, folgten die beiden Geister unauffällig und versteckten sich unter einem Tisch. Äbbigel wandte sich den Besuchern zu und Gregor zeigte Helmes den hinteren Raum, in dem wieder die beiden Bewacher saßen. Sie spielten Karten und tranken dunkles englisches Bier.

„Der mit den Locken hat den Schlüssel im Schuh“, flüsterte Gregor.

Helmes wusste, dass er den anderen Schlüssel, der um Äbbigels Hals hing, besorgen sollte. Beide hatten noch keinen Plan und warteten auf eine Gelegenheit.

Plötzlich rief Äbbigel ungehalten aus dem Verkaufsraum: „Wo bleibt denn mein Tee, ihr faulen Säcke?“

Die zwei zuckten zusammen und der Glatzköpfige rief

zurück: „In wenigen Minuten, Lady Äbbigel!“
Sie machten sich in der Küchenecke zu schaffen. „Verdammt! Kein Tee mehr da!“, sagte Lollypop.
„Dann hol bloß schnell neuen, sonst ist Lady Äbbigel gleich von Sinnen.“ Locke lachte über seinen Scherz, aber der andere war schon durch den Vorhang verschwunden.
Gregor wusste: Das war seine Chance. Er glitt zurück in den Verkaufsraum und sah, dass die Kunden wieder gegangen waren. Vorsichtig löste er die Telefonschnur aus der Wand, sodass die Leitung tot war. Schließlich sollte kein echter Anruf seinen Plan durchkreuzen. Dann ließ er das Klingeln des Telefons vernehmen. Lady Äbbigel hob ab.
„Äbbigel von Sinnen“, säuselte sie in den Hörer.
„Hier spricht Sherlock Hobbes von Scotland Yard“, sagte Gregor mit fester männlicher Stimme.
„Die Polizei?“, fragte Äbbigel erstaunt.
„Arbeitet bei Ihnen ein Mann, der Locke heißt?“
„Ja“, sagte Äbbigel und schaute unsicher zum Vorhang.
„Nun, wir haben erfahren, dass er ein durchgeknallter Wahnsinniger ist.“
„Was?“
„Ja, er bekommt manchmal Anfälle, sagt sein Arzt.“
„Und was macht er dann?“ Äbbigels Stimme klang dünn. Sie räusperte sich.
„Nun“, Gregor machte eine Pause, um Äbbigel ein bisschen zappeln zu lassen, „er fällt Menschen an, reißt ih-

nen die Kleidungsstücke vom Leib und verspeist sie."
Äbbigel entfuhr ein Schrei. Sie entfernte sich ein paar Schritte vom Vorhang und fragte nach: „Sie meinen, er isst Menschen?"
„Nein! Er isst die Kleidungsstücke!" Gregor sah Helmes an, der nur den Kopf schüttelte bei diesem Blödsinn. „Nun hat er lange nicht mehr die Medikamente bekommen und ein Anfall kann durch eine Kleinigkeit ausgelöst werden. Sind Sie allein?"
„Locke ist nebenan", sagte Äbbigel. „Mein anderer … äh … Mitarbeiter ist gerade einkaufen."
„Dann rate ich Ihnen dringend: Warten Sie sicherheitshalber vor der Türe, bis er wiederkommt!"
„Vielen Dank, Herr Hobbes!", sagte Äbbigel und legte auf. Sie behielt den Vorhang im Auge, während sie sich eine Jacke überzog. Auf Zehenspitzen näherte sie sich der Ladentür, riss sie auf und stürmte auf die Straße. Im gleichen Moment schwebte Gregor in den hinteren Raum, wo Locke unbekümmert Kekse auf einen kleinen Teller legte. Mit der Stimme von Äbbigel, die gedämpft wie durch einen Vorhang klang, sagte Gregor: „Locke, wieso stinkt es hier so?"
Der Lockenkopf schaute auf und rief zurück: „Ich rieche nichts!"
„Das wundert mich nicht! Wahrscheinlich bist du es, der so grässlich stinkt. Wie verfaulter Käse! Pfui!"
„Soll ich mal das Fenster öffnen?", meinte Locke.
„Quatsch! Dann kommt ja der Gestank von draußen

rein. Da weiß ich nicht, was schlimmer ist!“

Locke zuckte mit den Schultern und verbesserte die Lage eines Schokoladenkekses auf dem Teller.

„Ich glaube, es sind deine Schweißfüße, Locke!“, kreischte Äbbigel.

Locke sah auf seine Füße, als könne man Gestank sehen. „Ich … äh …“, stotterte er.

Äbbigel fiel ihm ins Wort: „Du wäschst dir sofort deine Füße im Bad! Ist das klar, du vermiefter Heini!“ Und als Gregor sah, wie der Lockenkopf zögerte, schrie er hinterher: „Und zwar dalli, sonst wasche ich sie dir!“

Locke stellte den Teller ab, machte ein grimmiges Gesicht, zog erst seine Schuhe, dann seine Socken aus, roch kurz daran und ging ins angrenzende Bad. Gregor zögerte keinen Moment und zog den kleinen Schlüssel aus dem Fach im Absatz. So, das war geschafft. Helmes war bereits in den Vorraum geglitten und wartete auf seine Chance. Sie sahen, dass Lollypop den Laden mit einem Päckchen Tee betrat. Äbbigel kam mit herein und packte den Kahlkopf am Arm.

„Pass auf, Locke ist ein Verrückter!“, sagte sie mit hektisch flatternden Augen. „Er frisst“, sie senkte ihre Stimme und zog Lollypop noch näher zu sich heran, „Kleidung!“

Lollypop schaute die alte Lady fragend an. Er mochte denken, dass sie nun völlig übergeschnappt war.

Gregor sauste zurück in den hinteren Raum zu Locke und sagte mit der Stimme von Äbbigel: „Komm sofort

herein und hilf mir, meine Jacke auszuziehen!"
Locke ging auf nackten Füßen in den Vorraum, wo ihn Lollypop und die Lady anstarrten. Als er einen Bogen um Äbbigel machte, um ihr von hinten die Jacke von der Schulter zu nehmen, schrie sie plötzlich auf und sagte: „Siehst du es? Er will meine Jacke fressen!" Sie stürzte sich auf den Lockenkopf, der sich völlig überrascht in die Ecke drängen ließ. Dort unter dem Tisch hockte Helmes und der Schlüssel fiel unhörbar auf den Teppichboden. Helmes musste sich kaum bewegen, um ihn aufzuheben. Keiner bemerkte etwas davon.

Gregor ließ wieder das Telefon läuten und Lady Äbbigel und die beiden Gorillas hielten inne.

„Das ist hoffentlich die Polizei!", schrie Äbbigel mit hoher Stimme und hob ab.

„Hier ist noch mal Sherlock Hobbes", sagte Gregor.

„Gut! Er ist hier! Er wollte meine Jacke fressen! Schnell, holen Sie ihn ab!" Ihr Brustkorb hob und senkte sich heftig.

„Äh, Lady Äbbigel, uns ist da leider ein Irrtum unterlaufen", sagte Gregor.

„Ein Irrtum?"

„Tja, leider. Auch Scotland Yard macht Fehler, wenn auch selten", erklärte Gregor. „Es ist eine kleine Verwechslung passiert. Wir bedauern das sehr. Der Fehlerteufel, Sie verstehen? Der Mann, den wir suchen, heißt Stinker, nicht Locke. Wir bitten noch einmal um Entschuldigung! Auf Wiederhören, Lady Äbbigel!"

Äbbigel knallte den Hörer auf die Gabel. „So ein Riesentrottel!"
Dann schaute sie die beiden an und sagte: „Wie ihr. Der eine vergisst, den Tee zu besorgen und der andere läuft barfuß durch die Galerie!"
„Aber Sie haben doch …", wollte Locke erklären.
„Raus jetzt, ihr Hohlköpfe, und macht endlich den Tee!" Lady Äbbigel setzte sich auf einen Stuhl, paffte ihre Zigarette und sah aus wie ein wütender Drache.
Die beiden Aufpasser trotteten wortlos nach hinten.
Gregor stöpselte vorsichtig das Telefonkabel wieder ein und als wenig später ein Kunde die Galerie betrat, schlüpften er und Helmes unbemerkt hinaus.
„Puh, wenn ich nicht bald ins Wasser komme …" Helmes sah blass aus. Sie machten sich auf und unterwegs rief Gregor nach dem Gedankengespenst. „John Mäc-Feinripp hier, stets zu Diensten, mein hoch geschätzter Gregor von Gutenbrink", hörte ihn Gregor in seinen Gedanken.
„Hast du die Zahlenkombination vom Tresor?", fragte Gregor lautlos.
„Aber selbstverständlich!"
„Dann kann es losgehen", dachte Gregor und der Gedankengeist wusste, was er zu tun hatte.

26. Kapitel

Es geht los

„Ihr wisst wohl nicht, was ihr tun sollt, was?“, fragte Herr Sennefeld fröhlich, als er das Zimmer von Kathi und Tina betrat, in dem auch Thorsten und Jan hockten. Der Regen war stärker geworden und alle lagen, ihren Gedanken nachhängend, auf den Betten herum. Die meisten anderen Kinder hatten wieder die Zeit genutzt, um in London herumzustreunen.
„Wir sind nur ein bisschen müde“, erklärte Tina.
„Warum geht ihr nicht in die Stadt?“, fragte Herr Sennefeld.
„Tun wir ja gleich“, sagte Thorsten.
„Es gibt noch viele Galerien und Museen, die ihr nicht gesehen habt“, meinte ihr Lehrer. „Ihr seid ja so kunstinteressiert, erzählte mir Mona.“ Er machte eine Pause. „Ich will übrigens auch gleich mal mit Mona in die Stadt gehen.“
„Mmh“, machte Kathi. Mona hier und Mona da!
Einen Moment später sprach eine andere Stimme zu ihr. Sie erkannte MäcFeinripp. Er hatte viel Neues zu berichten und sie verdrängte, dass Herr Sennefeld mit Mona durch London spazieren wollte, denn es sollte losgehen.
„Ich schlage vor, wir machen uns auch langsam auf in die Stadt“, sagte Kathi zu den anderen. Die schauten auf und begriffen, dass sich der Gedankengeist gemel-

det hatte. Sie sprangen auf. Alle Trägheit war verflogen. Herr Sennefeld staunte. „Ihr seid ja plötzlich wie ausgewechselt. Na dann viel Spaß!“, meinte er noch und verließ das Zimmer.

Kathi berichtete: „Der Meeresgeist und Gregor haben die Schlüssel und MäcFeinripp kennt die Zahlenfolge. Wir sollen uns vor der Galerie treffen. Dort wartet Gregor auf uns.“

Jan schnaufte, Thorsten griff nach seiner Jacke und Tina sagte: „Das Abenteuer kann beginnen! Juhu!“

Kathi rief: „Kummerschreck-Bande! Code-Wort: ‚Meeresgeist!‘“ Und wieder brüllten alle: „Meeresgeist!“

Draußen hatte der Regen aufgehört und ab und zu zeigte sich die Sonne. Sie gingen wortlos und sehr schnell. Was taten sie da eigentlich? Sie wollten ein Bild stehlen, auch wenn sie es von einer Diebin nahmen. War das richtig? Aber schließlich stahlen sie nicht einfach ein Bild, sondern befreiten einen unglücklichen Menschen. Aber was, wenn sie erwischt wurden? Kamen sie dann ins Gefängnis? Es würde auf jeden Fall eine Menge Ärger geben! Und wie sollten sie erklären, was sie getan hatten?

Solchen oder ähnlichen Gedanken hingen alle nach, bis sie die Galerie erreichten. Einige Touristen schauten in die Fenster und drinnen konnten sie die alte Lady an ihrem Tisch bei einer Tasse Tee erkennen, die übliche Zigarettenspitze im Mund. Sie langweilte sich offensichtlich. Bald würde sie die Galerie schließen. Die Kummerschreck-Bande stellte sich neben die rote Telefonzelle, wo sie keiner der Vorbeigehenden weiter beachtete.

„Wie kommen wir eigentlich gleich hinein in die Galerie, wenn sie geschlossen hat?“, fragte Thorsten, der sich das Kinn rieb.

„Ich werde kurz vorher hineingehen“, erklärte Gregor, der schon auf sie gewartet hatte, „und die Türe von innen wieder aufschließen.“

„Geniale Idee!“, scherzte Jan. „Woher weißt du, dass man sie von innen öffnen kann, wenn sie von außen verschlossen wurde?“

Statt einer Antwort lächelte Gregor Jan an. Es hieß so viel wie: Ich würde es nicht vorschlagen, wenn ich es nicht wüsste.

Das Warten war kaum auszuhalten. Tina knibbelte an ihrer Lippe, Thorsten lief dauernd auf und ab und Kathi trommelte mit den Fingern gegen die Wand der Telefonzelle. Nur Jan, die Hände in den Taschen, beobachtete die Umgebung, als sei er ein Privatdetektiv. Überall auf dem Gehweg eilten die Menschen vorbei. Ein Pärchen, sie sehr groß, er klein, stand herum und beide fingerten an ihren großen Sonnenbrillen.

Endlich sahen sie im Laden die zwei Bewacher hinter dem Vorhang hervortreten.

Lady Äbbigel stand auf und sie näherten sich der Ladentür.
Gregor raunte: „Es geht los! Haltet euch bereit!“, und schwebte auf die Tür zu. Als die drei heraustraten, huschte er hinein. Lady Äbbigel schloss ab, rüttelte noch einmal an der Tür und sie gingen die Straße hinunter.
„Warum macht er nicht auf?“, fragte Tina und hatte in diesem Moment ihre Lippe blutig geknibbelt. „Scheiße!“, ergänzte sie, als sie an der Lippe getupft hatte und ihren Finger betrachtete. Sie leckte mit der Zunge über die kleine Wunde.
Allen schlug das Herz schneller und Kathi dachte: „Noch ist es nicht zu spät, wir könnten noch zurück.“ Aber dann sahen sie die Galerietür einen Spalt aufstehen und zwangen sich hinüberzuschlendern, obwohl sie am liebsten gerannt wären.
Als sie im Verkaufsraum standen, sagte Gregor: „Schnell, nach hinten, damit uns von draußen keiner sieht!“
Sie verzogen sich hinter den Vorhang und dort stand der Tresor an der Wand. Gregor steckte die beiden Schlüssel hinein und die Kinder beobachteten ihn dabei.
„Los, MäcFeinripp, wie geht es weiter?“, murmelte Gregor vor sich hin. Sekunden später drehte er an einem kleinen Rädchen mit Zahlen. Erst nach links, dann nach rechts und wieder nach links. Ein leises Klicken war dabei zu hören.
Alle hielten den Atem an, als Gregor die Klinke des Tresors herunterdrückte. Mit einem leisen Knarren öffnete

sich tatsächlich die Tür. Die fünf beugten sich nach vorne, um hineinzuschauen. Und da stand das Bild, ohne Verpackung, an die Innenwand gelehnt.
Kathi nahm das Gemälde vorsichtig aus dem Tresor, hielt es vor sich und flüsterte: „So, Graf Wilhelm, nun bist du gerettet."
Während die anderen Gregor noch dabei zuschauten, wie er die Tresortür wieder schloss, ging Kathi bereits mit dem Bild in der Hand durch den Vorhang in den Verkaufsraum, immer noch das Bild betrachtend. Schaute der Graf nicht ein bisschen entspannter? Vielleicht lächelte er sogar. Im gleichen Moment zuckte Kathi zusammen, als sie die Türglocke hörte. Sie erstarrte. Mona und Herr Sennefeld betraten den Laden. Gregor hatte nicht wieder abgeschlossen.
Mona sagte gerade: „Sie werden sehen, die Bilder sind so unheimlich süß …" Kathi stand mitten im Raum. Mona und Herr Sennefeld glotzten sie an.
„Hallo", sagte ihr Lehrer. „Die Kunstliebhaberin ist wieder unterwegs?" Dann sah er das Bild in ihren Händen. „Was hast du denn da Schönes?"
Kathi brachte keinen Ton heraus. Was sollte sie tun?
„Na, hat dich die Kunst sprachlos gemacht?", fragte er lachend.
Sie schüttelte dümmlich den Kopf, als sei das eine ernsthafte Frage, die sie beantworten müsste. Sie brauchte dringend einen Einfall, wie sie aus dieser Situation heil herauskam. Hinter dem Vorhang hörte man nun Äbbi-

gels Stimme: „Wir schließen, meine Herrschaften!"
„Oh, das ist aber schade", meinte Herr Sennefeld zu Mona.
„Tja, ich muss dann mal los", sagte Kathi. Was sollte sie mit dem Bild machen? Mitnehmen? Hier lassen? Sie spürte Schweißperlen auf ihrer Stirn.
„Alles in Ordnung?", fragte Herr Sennefeld. „Du siehst so blass aus!"
„Alles klar bei mir!", entgegnete Kathi, musste aber tief durchatmen.
Und dann klingelte wieder die Türglocke. Bernd stand im Eingang. Kathi hatte das Bedürfnis, sich auf der Stelle in Luft aufzulösen. Mona und Herr Sennefeld drehten sich um und schauten Bernd verdutzt an.
„Hallo!", sagte Herr Sennefeld.
„Was machst du denn hier?", fragte Mona.
Bernd war offensichtlich schlechter Laune. Er sah Mona an und sagte: „Das könnte ich dich fragen!"
„Was ist denn mit dir los?", fragte sie schnippisch. „Ich frage mich, warum du nicht mal mit mir durch die Stadt gehst!"
„Au Backe, was wird das hier?", dachte Kathi.
Auch Herr Sennefeld fühlte sich unwohl. Zu Kathi gewandt, sagte er: „Komm, wir gehen schon mal in die Jugendherberge!"
„Stell das Bild einfach an die Wand!", schlug Gregor mit Äbbigels Stimme vor. „Ich räume es dann später wieder weg."

„Äh, ja, gut“, sagte Kathi zum Vorhang. Mona und Bernd schauten sich die ganze Zeit an. Die Luft war aufgeladen, als gäbe es gleich ein Gewitter mitten in der Galerie.
Kathi stellte das Bild ab und zwang sich, zu Bernd und Mona zu sagen: „Bis später dann!“
Beide nickten und Kathi verließ mit Herrn Sennefeld den Laden.
Auf der Straße erklärte sie ihrem Lehrer: „Ich kann noch nicht mit, ich treffe mich noch mit ein paar anderen aus der Klasse!“ Und bevor er etwas erwidern konnte, winkte sie ihm, rief: „Bis später!“ und lief einfach los.
Ein paar Meter weiter blieb sie stehen und schaute sich um. Herr Sennefeld war schon nicht mehr zu sehen. Was sollte sie jetzt tun? Sie entschied sich, wieder zum Laden zurückzugehen und ihn von außen zu beobachten. Kathi stellte sich draußen neben die Telefonzelle und wartete. Aber worauf?

27. *Kapitel*

Ein Diebstahl und eine Liebeserklärung

Mona und Bernd standen in der Mitte des Raumes und starrten sich wortlos an. Gregor, Thorsten, Tina und Jan lauerten hinter dem Vorhang und warteten darauf, endlich die Galerie verlassen zu können.
Jan wippte mit beiden Füßen auf und ab. Die Spannung war kaum noch auszuhalten. Sie schauten einander immer wieder ratlos an. Allein Gregor schien gelassen zu bleiben. Gerade sagte er wieder mit Äbbigels scharfer Stimme: „Wir schließen jetzt!“
Doch Bernd und Mona reagierten gar nicht darauf.
Plötzlich sagte Bernd: „Wieso gehst du immer mit Herrn Sennefeld durch die Stadt?“
„Weil es nett ist mit ihm“, antwortete sie schnippisch.
„Ach, nett!“ Seine Stimme klang gepresst. „Dann bin ich ja wohl überflüssig!“
Mona veränderte den Gesichtsausdruck. „Wieso das denn?“
„Na, wenn du lieber mit einem anderen schöne Sachen unternimmst, weiß ich nicht, was wir noch miteinander zu tun haben!“
„Du hast doch gar keine Lust, in eine Galerie zu gehen und Bilder anzugucken!“
„Woher weißt du das?“
Mona antwortete nicht und nahm stattdessen das Bild

des Grafen, das Kathi an die Wand gelehnt hatte, in die Hand. Während sie es betrachtete, sagte sie: „Ich glaube, du bist eifersüchtig auf Herrn Sennefeld."

Bernd atmete laut ein. „Du bist ja dauernd mit ihm zusammen!"

„Ach, Bernd!" Sie blickte kurz zu ihm herüber, schaute wieder auf das Bild und sagte: „Glaub' mir, ich hab' dich lieb. Du bist mir der Wichtigste! Allein, dass du mich erträgst, macht dich liebenswert. Ich will keinen anderen." Nun wandte sie den Blick von dem Bild ab, ließ die Arme sinken und schaute Bernd in die Augen. Daher konnte sie nicht sehen, wie das Gemälde plötzlich in Bewegung geriet.

Bernd ging auf Mona zu. Seine Augen schauten liebevoll. Tina, Gregor, Thorsten und Jan zogen sich weiter hinter den Vorhang zurück, um die beiden allein zu lassen.

Kathi hatte draußen kein Wort verstanden, konnte aber dennoch spüren, was mit ihrem Onkel und dessen Freundin los war.

Plötzlich stürmten zwei Menschen an ihr vorbei auf die Galerie zu, rissen die Türe auf und stürzten hinein. Bernd riss den Kopf herum. Mona schrie auf und ließ vor Schreck das Bild fallen. Es landete mit der Bildseite nach unten auf der Erde.

Die beiden Eindringlinge mit ihren großen Sonnenbrillen rasten auf das am Boden liegende Gemälde zu, wobei der kleinere schrie: „Keiner bewegt sich, dann

passiert euch nichts!“ Die groß gewachsene Person klemmte sich das Bild unter den Arm und schon waren sie wieder draußen.
Mona löste sich aus ihrer Erstarrung und schrie aus Leibeskräften: „Überfall! Zu Hilfe! Polizei!“

Kathi hatte dem Schauspiel atemlos zugesehen. Das waren doch die beiden Passagiere von der Bahnfahrt! Das Paket. Na klar! Es waren die Diebe. Sie musste ihnen das Bild entwenden, sonst war Wilhelm verloren. Kathi rannte los. Durch Mona, die sich vor der Galerie die Seele aus dem Leib schrie, waren Passanten aufmerksam geworden. Die Diebe mussten den Menschen auf der Straße ausweichen und kamen nicht schnell voran. Kathi hatte sie fast eingeholt. Noch wenige Meter … Noch ein bisschen näher … Sie warf sich der langen Frau an die Beine. Die stürzte. Kathi fiel auf sie drauf, rappelte sich schnell wieder auf und packte das Bild.

„Hau ab!“, fauchte die Frau, zog ihrerseits an dem Bild, doch Kathi presste es krampfhaft an ihre Brust.

„Ich muss zu den Docks!“, dachte sie, stand auf, um die Flucht anzutreten, als von allen Seiten Bobbys auftauchten. Sie brüllten etwas, was Kathi nicht verstand und hielten die beiden Diebe fest. Einer der Polizisten klopfte ihr auf die Schulter und sagte zu Kathi: „Well done!“

Keine Frage, die Polizisten meinten, sie hätte die Diebe gefasst. Auch das noch! Kathis Blick fiel auf das Bild. Und was sie sah, konnte sie nicht fassen: Das Bild war nur ein Rahmen mit einer schwarzen Leinwand. Wo war der Graf?

28. *Kapitel*

Liebestrunken

„Wir müssen hier weg!“, sagte Gregor. Er spähte durch den Vorhang. Mona stand auf der Straße und schrie immer noch nach der Polizei. Bernd war ihr gefolgt. Dennoch versammelten sich nur wenige Leute direkt vor dem Eingang der Galerie. Die meisten schauten weiter die Straße hinunter. Dort schien irgendetwas zu passieren, aber man konnte nicht sehen, was.

„Das Bild!“, sagte Tina.

„Egal“, meinte Gregor. „Hier wird gleich die Polizei auftauchen. Und das sieht nicht gut aus, wenn sie drei Kinder und ein Gespenst hier entdeckt.“

Sie huschten in den Vorraum. „Ich werfe einen Blick auf die Straße und wenn die Luft rein ist, kommt ihr sofort heraus. Wir treffen uns an den Docks!“, entschied Gregor und glitt durch den Vorhang.

Tina, Thorsten und Jan warteten mit klopfenden Herzen hinter dem Vorhang. Sie spähten wieder durch die Ritzen des Stoffes und beobachteten Gregor, der den Raum durcheilte. Als Gregor fast die Mitte der Galerie erreicht hatte, bemerkte er ihn: Er stand seitlich an der Wand, an der Kathi das Gemälde abgestellt hatte, und stammelte: „Sie ist so schön wie eine Rose bei Sonnenaufgang.“

Gregor hielt inne und er konnte nicht fassen, was er sah: Graf Wilhelm von Wiesenfeld der Dritte aus dem

Hause derer von Niederfahrenhorst auf Schloss Pappenstiel hielt die Arme von sich gestreckt. Er hatte seinen schwarzen Hut abgenommen, schlug ihn vor seine Brust, dass die Orden schepperten, schaute ins Nichts und fuhr mit glasigen Augen fort: „Ihre Schönheit ist wie das Glitzern des Morgentaus im warmen Sonnenlicht."

„Graf Wilhelm!", rief Gregor aus. „Wo kommen Sie denn her?"

„Ihre Haut ist so zart wie ein junges Blatt."

Tina, Thorsten und Jan kamen näher und starrten den alten Mann an, der liebestrunken vor sich hin brabbelte. Wieso war er nicht mehr in dem Bild?

Tina schlug sich vor die Stirn. „Na klar!" Sie lachte auf. „Er spricht von Mona!"

„Mona? Bist du verrückt?", sagte Jan, dann begriff auch er. „Natürlich! Sie hat Bernd ihre Liebe gestanden, als sie das Bild anschaute. Anders ist es nicht zu erklären!"

Tina nickte vor sich hin. „Man muss die Liebeserklärung ernst meinen, hat Gregor erklärt, wenn sich der Zauber auflösen soll. Und Mona hat es ernst gemeint, wenn auch nicht gegenüber dem Grafen."

Thorsten schüttelte fassungslos den Kopf. So musste es sein. Und jetzt? Sie konnten den Grafen nicht in die Hände der Polizei geraten lassen. Was sollte Wilhelm von Wiesenfeld auf die Frage, wo er herkäme, antworten? Wenn er die Wahrheit sprach, würden sie ihn sofort für verrückt halten, das war klar.

Thorsten kam eine Idee. Er fasste den Grafen an der Hand und sagte: „Kommen Sie, Graf, wir bringen Sie zu Ihrer Angebeteten!“

Gregor staunte über Thorstens Einfall. Sie öffneten die Ladentüre und bemerkten weiter die Straße hinunter eine Gruppe Menschen. Bernd stand etwas abseits vom Eingang und versuchte, Mona zu beruhigen, die sich die Haare raufte. Gregor und die Kinder erkannten in der Menschengruppe Polizisten, zögerten nicht und machten sich in die entgegengesetzte Richtung davon.

Der Graf war ein alter Mann und er kam nur langsam voran. Ständig baumelte der Degen an seinen Beinen herum. Ein Glück, dass in London so viele verrückte Leute herumliefen, da fiel einer wie der Graf nicht sonderlich auf. Leider neigte er auch dazu, immer wieder Liebesschwüre zu äußern und dabei stehen zu bleiben.

„Sie ist der lebensrettende Schluck Wasser in der Wüste, das wärmende Feuer in der Kälte des Lebens.“

„Natürlich, Graf! Weiter, bitte, wir müssen weiter!“, stöhnte Tina und schubste ihn an, damit er schneller ging.

Sie schafften es bis zu den Docks und machten in der Lagerhalle Rast, in der Tina und Jan Gregor kennengelernt hatten. Der Graf stand in der Mitte und redete wirres Zeug vor sich hin, während die Kinder sich vor Erschöpfung auf den Boden setzten und schwiegen. Fast wären sie auf frischer Tat beim Diebstahl eines Gemäldes erwischt worden. Und fast wären sie der Polizei in die Arme gelaufen. Es war nicht auszudenken, was das für Ärger gegeben hätte. Und Kathi? Wo war sie?

29. Kapitel

Keine Lust auf Party

Der Bobby starrte auf das leere Bild und sagte: „Crazy!“, und zu einem anderen Polizisten: „Modern Art!“
„Ich kann Sie leider nicht verstehen“, sagte Kathi und lächelte unsicher.
Der Bobby lächelte zurück und sagte: „Ah, Deutsche! Das ist lustig Bild. Nix drauf!“
Kalligulla war stehengeblieben, als Mäggi von Kathi zu Fall gebracht worden war, und hörte die Worte des Polizisten. „Was?“, brüllte er und erkämpfte sich einen Blick auf das Bild. „Nein! Das kann nicht sein!“, schrie er. Mäggi schaute ratlos.
Kathi schaffte es, den Polizisten klarzumachen, dass sie eine deutsche Schülerin auf Klassenfahrt sei, und die Bobbys wollten ihren Lehrer informieren. Kathi rutschte das Herz in die Hose. Das konnte ja heiter werden.

Man nahm sie mit zur Polizeiwache. Dort wartete schon Herr Sennefeld, der nun erfuhr, dass man Kathi für eine kleine Heldin hielt, die zwei Diebe auf offener Straße gestellt hatte. Er betrachtete das Bild auf dem Tisch der Wache und schüttelte den Kopf. Man konnte ihm ansehen, dass er viele Fragen hatte. Wieso war Kathi in einer Galerie gewesen, aus der kurze Zeit später ein Bild geraubt wurde? Und wieso war Kathi noch in der Nähe gewesen, obwohl sie gesagt hatte, sie wolle noch

Freunde treffen? Und wieso war nichts auf dem Bild zu sehen?
Als Herr Sennefeld und Kathi die Polizeiwache verlassen wollten, erschien Lady Äbbigel von Sinnen. Sie sprach mit den Polizisten auf Englisch, dann händigte man ihr das Bild aus. Sie betrachtete es, schrie: „Mein geliebter Graf!“, und fiel in Ohnmacht.
Während die Polizisten sich um die alte Frau kümmerten, gingen Kathi und Herr Sennefeld schweigend in Richtung Jugendherberge.
Als sie ankamen, war die Party in vollem Gange. Die Kinder hatten die Stühle ihres Aufenthaltsraumes an die Wände gestellt, sodass in der Mitte eine Tanzfläche entstanden war. An einer Seite standen Tische, voll mit Chipstüten, Salzstangen, Nüssen und Unmengen an Getränken. Musik dröhnte aus den Boxen. Man konnte kaum sein eigenes Wort verstehen. Kathi und Herr Sennefeld wurden neugierig gefragt, wo sie herkämen. Der Lehrer brüllte gegen die Musik an: „Das soll euch Kathi alles erzählen. Ich verstehe ohnehin kaum etwas von dieser Geschichte. Aber das ist ja nichts Neues.“
Kathi hatte wenig Interesse, mit ihren Klassenkameraden zu plaudern. Sie wollte wissen, wo ihre Freunde waren und ihnen erzählen, dass das Bild leer war. Sie schaute sich um. Tina, Thorsten und Jan waren nicht zu sehen. Auch Mona und Bernd fehlten. Herr Sennefeld blieb leider im Raum und Kathi hatte keine Chance, zu verschwinden, um ihre Freunde in den Docks auf-

zusuchen. Sie wollte unbedingt erfahren, was sie erlebt hatten.
Kathi erzählte dann doch noch, was sie erlebt hatte, wobei sie natürlich verschwieg, warum sie in der Galerie gewesen war. Auch von Gregor und dem Streit zwischen Bernd und Mona sagte sie nichts.
Markus prahlte, er hätte aber an Kathis Stelle die beiden vorher noch gefesselt und dann der Polizei übergeben. Kathi meinte darauf nur, er könne ja noch nicht einmal seine Hose festhalten, daher wäre es fraglich, ob er echte Diebe zu fassen bekäme.
Dann bemerkte Herr Sennefeld, dass drei Kinder aus seiner Klasse fehlten. „Weiß einer, wo Thorsten, Jan und Tina sind?", fragte er in die Runde. Er musste erst die Musik leiser stellen lassen, bevor er eine Antwort bekam. Aber natürlich wusste es niemand. Herr Sennefeld schnaufte und schaute auf die Uhr.
„Hoffentlich tauchen sie bald auf", dachte Kathi, „sonst gibt es noch mehr Ärger." Da fiel ihr Sir John MäcFeinripp ein. Sie lächelte vor sich hin und war bald in ihre Gedanken versunken.

30. Kapitel

Verwirrende Gefühle

MäcFeinripp informierte Kathi darüber, was passiert war. Sie stand an eine Wand des Raumes gelehnt und versuchte, teilnahmslos zu gucken, während ihr der Gedankengeist die Neuigkeiten erzählte. Es beruhigte sie, dass Gregor und ihre Freunde den Grafen befreit hatten.

„Keiner weiß so recht, was er tun soll“, berichtete der Gedankengeist. Auch Kathi fiel so schnell keine Lösung ein. Aber MäcFeinripp solle den anderen Kindern sagen, sie müssten unbedingt sofort in die Jugendherberge zurück, denn Herr Sennefeld vermisse sie schon.

MäcFeinripp erzählte gerade von Graf Wilhelms Liebesschwüren, als Mona und Bernd erschienen. Sie wurden gleich umringt und alle redeten auf sie ein. Kathi konnte heraushören, dass sie von dem Raub erzählten. Bernd schaute Kathi an und sie wurde verlegen. Schnell verabschiedete sie sich von MäcFeinripp.

Bernd ließ Monas Hand los und ging auf Kathi zu. „Na, du kleine Heldin!“

Plötzlich musste Kathi weinen. Sie wusste gar nicht, wieso, aber die Tränen kamen einfach aus ihr herausgekullert. Bernd legte die Arme um sie und streichelte ihr sanft über den Rücken. Eine Weile standen sie so da und langsam beruhigte sie sich wieder. „Das war ganz schön aufregend, was?“ Kathi nickte nur. Sie dachte,

dass Bernd keine Ahnung hatte, wie aufregend. Er bezog ihre Tränen nur auf die Verfolgung der Diebe.
„Komm, gehen wir mal weg von dem Krach“, sagte er und schob Kathi vor sich her nach draußen. Schweigend schlenderten sie über den Spielplatz in Richtung Waldrand. Kathi schnäuzte sich die Nase mit einem Papiertaschentuch. Bernd schaute sie an.
„Trennt ihr euch, Mona und du?“, fragte Kathi.
Bernd blieb stehen. Er dachte nach. Dann schüttelte er den Kopf. „Wie kommst du darauf?“
„Na, weil du so sauer warst, als du Mona mit Herrn Sennefeld in der Galerie getroffen hast.“
Ihr Onkel holte tief Luft, als sie fragte: „Wieso bist du eigentlich in die Galerie gegangen? Interessierst du dich plötzlich für solche Bilder?“
Bernd schaute irgendwohin und Kathi überlegte, ob er ihre Frage überhaupt gehört hatte. Doch dann sagte er: „Ich bin ihnen gefolgt.“
„Was?“
Nun schaute er auf den Boden. „Ich wollte wissen, wo sie hingehen und was sie machen.“ Ihre Blicke trafen sich. Kathi verstand sofort. Bernd war eifersüchtig gewesen.
„Ich habe Fehler gemacht“, sagte Bernd nun.
„Du? Weil du sie verfolgt hast?“
Den Kopf schüttelnd erklärte er: „Mona und ich, wir sind schon so lange zusammen, da vergisst man manchmal einfach, den anderen zu fragen, was er gerne ma-

chen will. Ich hab' geglaubt, ich wüsste das immer. Wir haben nicht mehr richtig miteinander geredet."
Bernd ging wieder weiter. Kathi folgte ihm und als sie auf gleicher Höhe war, sagte sie: „Wieso? Du bist nicht nach Afrika gefahren, weil sie das nicht wollte."
Er schüttelte wieder den Kopf. „Nein, ich hätte schon viel länger spüren müssen, dass Mona dazu keine Lust hat. Aber weil ich unbedingt die Reise unternehmen wollte, habe ich sie überredet. Und sie hatte das Gefühl, es wird immer das gemacht, was ich will."
Kathi verstand. Mona hatte sicher auch nicht auf die Klassenfahrt mitgewollt. Doch weil Bernd doch noch auf die Afrikareise verzichtet hatte, war sie nur ihm zuliebe mitgefahren.
„Aber wieso geht Mona dann mit Herrn Sennefeld Kaffee trinken?"
„Kaffee trinken? Wieso?"
Kathi wurde verlegen. Sie schaute auf den Boden und antwortete: „Ich habe Mona und Herrn Sennefeld gesehen, als sie in einem Café saßen, vorgestern oder so."
Sie konnte die einzelnen Tage gar nicht mehr richtig auseinander halten, so viel war passiert.
„Herr Sennefeld hat das gemacht, was sich Mona von mir gewünscht hätte. Er hat ihr zugehört, gefragt, was sie machen will, wofür sie sich interessiert und so ..."
Bernd verschränkte die Hände ineinander.
Kathi fiel plötzlich Thorsten ein. Sie hatte auf der gesamten Klassenfahrt fast überhaupt nicht mit ihm allei-

ne gesprochen. Sie spürte Stiche in der Magengegend.
„Bist du sauer, weil ich es dir nicht schon früher erzählt habe?", fragte Kathi.
„Was erzählt?" Bernd schaute fragend.
„Na, ich hab' Herrn Sennefeld mit Mona zusammen in einem Café gesehen und es dir nicht gesagt!"
Bernd legte den Arm um Kathis Schultern. „Was hast du denn gedacht, als du die beiden gesehen hast?"
„Na", Kathi holte tief Luft, „dass sie verliebt sind!"
„Vielleicht sind sie es ja auch ein bisschen."
„Mein Lehrer liebt die Freundin von meinem Lieblingsonkel?", rief Kathi.
Bernd lachte herzlich.
„Wieso regst du dich nicht darüber auf?", fragte Kathi.
Ihr Onkel hörte auf zu lachen. Ganz ernst antwortete er: „Weil ich mich auch manchmal verliebe."
„Mama hat auch gesagt, du hättest mehr Freundinnen als saubere Handtücher."
„Ja, ja, meine große Schwester! Ich glaube, man kann jemanden sehr lieb haben, aber auch andere Menschen sehr nett finden und gerne mit ihnen zusammen sein."
„… mehrere Geliebte?"
„Es müssen ja nicht gleich Geliebte sein!" Bernd lachte wieder laut. „Aber man kann zur gleichen Zeit mehrere Menschen sehr lieb haben. Das glaube ich schon."
Kathi dachte an Jan, den sie am liebsten umarmt hätte, als er sagte, er habe Angst. Hatte sie deshalb Thorsten nicht mehr so lieb? Kathi war verwirrt.

Bernd drehte sich um und schaute zur Jugendherberge. „Ich glaube, wir sollten mal zurückgehen!“ Kathi nickte.

Bernd fragte: „Wieso warst du eigentlich in der Galerie? Seit wann interessierst du dich für solche Bilder?“ Er grinste. „Oder hast du auch jemanden verfolgt?“

Kathi vergaß zu atmen. Was sollte sie sagen? „Äh …!“

In diesem Moment sahen sie Tina, Thorsten und Jan auf die Jugendherberge zulaufen.

„Ey, wo kommt ihr denn her?“, brüllte Bernd quer über den Spielplatz. Die drei blieben stehen.

Kathi war erst einmal froh, dass Bernd ihr Gespräch vergessen hatte, denn sie hätte wieder ein bisschen lügen müssen, wo sie doch so froh war, vor Bernd keine Geheimnisse mehr zu haben. Aber ein paar Geheimnisse hatte man wohl auch vor den Menschen, die man besonders lieb hatte. Weiter kam Kathi nicht in ihren Gedanken, denn sie erreichten die Freunde.

„Ihr verpasst ja die ganze Party“, sagte Bernd. „Und ein bisschen spät seid ihr auch!“ Er hob die Augenbrauen und mit ernster Stimme fragte er: „Wo wart ihr?“

Kathi hielt die Luft an. Dann sagte Jan: „Wir hatten uns total verlaufen, Bernd!“ Er schaute Kathi an.

„Und da gibt es keine Bobbys, die man nach dem Weg fragen kann?“, fragte Bernd zweifelnd.

„Die waren doch alle hinter den Dieben her“, mischte sich Kathi ein.

„Genau!“, bestätigte Thorsten.

„Woher weißt du das denn?", fragte Bernd.
Thorsten zuckte zusammen und Tina sagte: „In London werden dauernd Diebe verfolgt, ist doch klar!" Sie wussten wohl von MäcFeinripp, was passiert war, schätzte Kathi.
„Los, rein mit euch!", sagte Bernd und hielt ihnen die Herbergstüre auf. „Jetzt könnt ihr eurem Lehrer erzählen, wo ihr gewesen seid."
Alle drei pressten ihre Lippen zusammen und seufzten laut.

31. *Kapitel*

Sag du doch was!

Später traf sich die Kummerschreck-Bande auf dem Mädchenzimmer.
„Wir müssen den Grafen irgendwie nach Deutschland bringen", sagte Thorsten.
„Nichts leichter als das!", meinte Tina schnippisch. „Den können wir doch ganz locker im Zug mitreisen lassen. Leider ist er so auffällig wie ein Indianer in einem Raumschiff."
Keiner lachte über Tinas Worte.
Kathi knabberte nachdenklich an ein paar Salzstangen, die sie aus dem Partyraum mitgenommen hatte. Sie war hungrig, aß aber ohne Appetit. Morgen Abend würden sie alle die Heimreise antreten. Also war nur noch ein Tag Zeit, eine Lösung für den Grafen zu finden.

„Der alte Wilhelm braucht andere Klamotten", sagte Kathi plötzlich.
Jan schaute auf. „Ja, gehen wir morgen zum Schneider und kaufen ein paar schicke Sachen für den Alten."
„Das ist kein Witz!", sagte Thorsten. „Kathi hat die Lösung! Wir müssen dafür sorgen, dass er normaler aussieht."
„Los, schmeißt euer gesamtes Taschengeld auf den Tisch!", befahl Kathi. „Mal sehen, wie viel wir zusammenbekommen ..."
Nachdem sie alle Scheine und Münzen gezählt hatten,

sagte Kathi: „Wird nicht leicht werden, den Grafen schick zu machen."
„Und wer soll die Sachen überhaupt kaufen gehen?", fragte Tina.
„Am besten die Mädchen", meinte Jan. „Die kennen sich mit der Mode besser aus als wir Jungs." Er schaute Thorsten an, der nickte grinsend.
„Blöder Jungenspruch", meinte Tina. „Ihr wollt euch bloß drücken!"
„Lasst mal", beruhigte Kathi die Jungen. „Wir machen das schon."
„Am besten wäre ja, ihr nehmt den Grafen mit – wegen der Größe", überlegte Jan.
„Deine Ideen sind nicht ganz so blöde wie deine Sprüche", bemerkte Tina.

Am nächsten Morgen machte ihnen Herr Sennefeld einen Strich durch ihre Pläne. Im Frühstücksraum verschaffte er sich Gehör: „Ihr packt heute Morgen die Koffer, räumt die Zimmer auf und fegt. Nach dem Mittagessen machen wir einen letzten gemeinsamen Ausflug und dann geht's ab zum Bahnhof."
Tina, Thorsten, Kathi und Jan schauten sich an. Jetzt hatten sie ein Problem.
„Wir müssen hier weg", sagte Kathi. Sie grübelten eine Weile. Dann schlug Tina vor: „Die Jungs packen unsere Sachen und machen sauber, während wir uns heimlich rausschleichen."

„Du spinnst doch!“, meinte Jan empört.
„Wieso? Kannst du das auch nicht? Jungs sind einfach zu gar nichts zu gebrauchen.“
„Das Problem ist“, mischte sich Thorsten ein, „dass wir nicht in das Mädchenzimmer können, wenn ihr nicht da seid. Herr Sennefeld wird denken, wir wollten was klauen.“
Kathi nickte. Thorsten hatte Recht.
„Okay, dann gehen Thorsten und ich einkaufen und Tina räumt mit Jan auf, nachdem er mit Markus und den anderen Jungs sein Zimmer hergerichtet hat.“
„Wenn die das überhaupt schaffen!“, sagte Tina.
„Haha!“, machte Jan nur.
„Ich finde die Idee gut“, sagte Thorsten. „Oder hat jemand eine bessere Lösung?“
In diesem Moment gab es Aufruhr im Frühstücksraum. Einige Leute kamen herein und einer hatte eine Kamera dabei. Kathi beobachtete, wie sie mit dem Herbergsvater und dann mit Herrn Sennefeld sprachen. Einige Augenblicke später winkte der Lehrer Kathi zu und bedeutete ihr, herüberzukommen. Sie bekam einen roten Kopf und schritt unsicher durch den Raum.
„Unsere Heldin wird Fernsehstar“, sagte Markus. Aber niemand beachtete ihn.
Eine Frau vom englischen Fernsehen mit einem Mikrofon und eine Übersetzerin wandten sich ihr zu. Kathi musste noch einmal erzählen, wie sie die Diebe überwältigt hatte. Um sie herum war es leise geworden.

Zuletzt gab ihr eine ältere Dame, die sich bisher im Hintergrund gehalten hatte, die Hand. Sie stellte sich als Abgesandte des Königshauses vor, dankte im Namen der königlichen Familie und übergab ihr als Dankeschön für ihren mutigen Einsatz eine Hundertpfundnote. Kathi starrte fassungslos darauf und bedankte sich mit heiserer Stimme.

Als die Leute vom Fernsehen gegangen waren, hielt Kathi den Geldschein in der Hand, als sei er aus dünnem Glas und könne jeden Moment zerbrechen.
Bernd kam zu ihr und sagte: „Soll ich den an mich nehmen?“ Er wollte nach dem Schein greifen, doch Kathi antwortete plötzlich hellwach:
„Danke, Bernd! Aber den Schein behalte ich. Ich weiß auch schon, was ich damit mache.“
„Ach, willst du dir was kaufen?“
Kathi lächelte geheimnisvoll und antwortete: „Ja, ich werde das Geld für ein Kunstwerk ausgeben.“
„Ein Gemälde?“
„Es war mal eins“, antwortete Kathi, während sie sich umdrehte.

Eine Stunde später gingen Thorsten und Kathi schnellen Schrittes zu den Docks. Beide hingen ihren eigenen Gedanken nach, bis Kathi meinte: „Hast du dich an dein Schweigegelübde erinnert oder warum sagst du nichts?“
„Sag du doch was!“
Wieder schwiegen beide. Aber Kathi hielt das nicht lange aus. „Von London hab’ ich eigentlich gar nicht so viel mitbekommen.“
„Hm, ich auch nicht “, meinte Thorsten. Und nach einer Pause: „Und von dir irgendwie auch nicht.“
Obwohl Kathi wusste, was er meinte, sagte sie: „Versteh’ ich nicht!“

Thorsten schaute sie an. „Kannst du dir das nicht denken?“
„Aber wir waren doch jeden Tag zusammen!“
„Ja, klar!“ Thorsten schaute geradeaus.
„Warum hast du mich denn nicht gefragt, ob ich mal mit dir allein durch die Stadt ziehe?“
„Und warum hast du nicht gefragt?“, gab Thorsten zurück.
Kathi musste an das Gespräch mit Bernd denken. Thorsten und sie hatten sich auch nicht umeinander gekümmert und das Ergebnis war, dass sie jetzt wieder so anstrengende Gespräche führte wie gestern mit ihrem Onkel.
„Ich hab’ gedacht, wenn du nicht fragst, hast du wohl keine Lust“, sagte nun Kathi.
Thorsten blieb stehen. „Siehst du! Und das Gleiche habe ich auch gedacht.“
„Ehrlich?“
Thorsten nickte. Sie schauten sich nun an.
„Vielleicht hätten wir mal laut denken sollen“, meinte Kathi. „Schließlich kann das nicht jeder.“
„Wie meinst du das denn?“
„Na, MäcFeinripp kann’s nicht, selbst wenn er wollte!“
Sie lachten beide gleichzeitig los. Es war ein peinliches Prusten, gegen das sie nicht ankonnten. Es war irgendwie erlösend und sie mussten nicht mehr reden.

32. *Kapitel*

Modenschau für die Traumfrau

Kathi und Thorsten erreichten endlich die Docks. Nachdem sie sich umgeschaut hatten, ob sie keiner beobachtete, schlüpften sie durch das angelehnte Tor. Sie mussten sich erst an das dämmrige Licht gewöhnen. Doch sie konnten den Grafen jammern hören: „Oh, wo sie wohl gerade ist? Geht es ihr gut? Denkt sie an mich? Oh, meine kleine Lotusblüte, mein Glück …“

„Hallo“, begrüßte sie Gregor. „Schön, dass ihr da seid!“ Er winkte ihnen zu, dann deutete er auf den alten Wilhelm. „Er ist ein bisschen anstrengend. Ich glaube, schweigend im Gemälde hat er mir doch besser gefallen.“

„Guten Tag, Herr Graf“, sagte Thorsten höflich und machte einen Diener. „Wir müssen mit Ihnen in die Stadt, einkaufen.“

Der Graf hielt inne. „Warum das?“

„Nun, Ihre Kleidung …“

„Was ist mit meiner Kleidung?“.

„Äh …“ Thorsten schaute ratlos zu Kathi. Die sagte schnell: „Ach, wissen Sie, erlauchter Graf, Ihre Schönheit, die die Frauenherzen höher schlagen lässt, sollte durch eine Kleidung ergänzt werden, die wirklich zu Ihnen passt. Die Frauen auf der Straße sollen sagen …“

„Ich will nur, dass eine Frau mit mir spricht. Jene, die mir ihre Liebe gestanden hat. Führt mich augenblick-

lich zu ihr!“ Er stand da, die Brust herausgestreckt, dass die Orden klimperten.
„Ach, Herr Graf, auch Ihre Angebetete hat einen anderen Geschmack als noch die Frauen vor, ähm, langer Zeit.“
„Na, wenn das so ist, dann wollen wir uns beeilen mit dem Einkauf. Ich will heute noch die wunderbare, einzigartige …“
„Aber sicher, Herr Graf. Wir haben auch nicht viel Zeit. Heute Abend geht’s nach Hause.“
„Ihr werdet abreisen?“, fragte Wilhelm.
„Ja, und Sie auch“, ergänzte Kathi.
„Ich steige in keine Kutsche ohne meine geliebte, wunderbare, einzigartige …“
„Sie sitzt ja auch in der … äh … Kutsche. Sie muss nach Hause und Sie fahren mit.“ Kathi wusste nicht genau, was sie da sagte. Sie ahnte nur, dass hier die nächsten großen Schwierigkeiten warteten und sah Thorsten an.
„Nun, dann gehen wir, damit ich standesgemäß gekleidet bin für meine geliebte, wunderbare …“
„Also los!“, unterbrach ihn Kathi wieder. „Gregor, du kommst auch mit!“
Das kleine Gespenst schlüpfte in Kathis Rucksack und dann machten sie sich auf ins nächste Kaufhaus.

Kathi und Thorsten nahmen den alten Grafen in ihre Mitte. Sie hatten ihn nicht davon überzeugen können, wenigstens seinen komischen dreieckigen Hut und den

Degen abzulegen. Leute, die an ihnen vorbeigingen, schauten sie erstaunt an. Kathi schwitzte, aber nicht vor Anstrengung. Wie würde es in dem Kaufhaus werden? Thorsten erklärte dem Grafen mit viel Geduld, dass ein Zug sozusagen eine Kutsche ohne Pferde sei und dass sich die Zeiten schon ein wenig geändert hatten. In ihrem Rucksack hörte Kathi Gregor schmatzend die letzten Blutorangen verspeisen.
Der Graf überlegte währenddessen, wann seine Angebetete in sein Schloss einziehen würde. „Sie wird Diener und Ankleidedamen um sich haben, die ihr jeden Wunsch von den Augen ablesen. Sie soll in feinste Seide gehüllt sein und die teuersten Düfte aus dem fernen Orient sollen ihre unendliche Lieblichkeit steigern."
Kathi dachte, dass das vielleicht genau nach dem Geschmack von Mona sein könnte: schöne Klamotten tragen und sich mit teuren Parfüms besprühen.

Sie betraten das Kaufhaus und fanden im zweiten Stock die Herrenabteilung. Der Graf schaute sich um und zog die Augenbrauen hoch. „Ich sehe hier keine Kleidung für mich!", stellte er fest und fühlte über einen Stapel blauer Jeans. „Möchten Sie lieber was Lässiges oder was Feines?", fragte Kathi.
„Wie bitte?"
„Lieber Jeans oder lieber einen Anzug?", erklärte Thorsten.
„Was sind denn Jeans, bitteschön?"

Kathi betrachtete den Grafen mit seinen Beinkleidern, die ihm nur über die Knie reichten, sowie den weißen Söckchen, die in Schuhen steckten, welche an Pantoffeln von alten Frauen erinnerten.
„Dazu ein cooles Shirt", schlug Thorsten vor und faltete ein Sweatshirt mit dem Aufdruck ‚Come to London!' auseinander.
Kathi tippte mit dem Finger an die Stirn. „Ich glaube, wir müssen uns mal woanders umsehen." Sie schaute in eine Ecke und entdeckte graue Anzüge, die auf einer Stange aufgereiht waren. Darüber hing ein Schild „sale".
„Hier, das heißt doch Ausverkauf". Kathi machte Thorsten darauf aufmerksam. Thorsten warf das Sweatshirt wieder zurück auf den Stapel, als eine Verkäuferin auf sie zukam.
Kathi raunte dem Grafen zu: „Bitte sagen Sie nichts. Überlassen Sie alles uns und – würden Sie vielleicht den Hut abnehmen?"
„May I help you?"
„Was hat sie gesagt?", fragte Thorsten.
„Oh, Sie sind Deutsche?", flötete die Verkäuferin. „Mein Mann ist auch Deutscher, daher spreche ich Ihre Sprache. Wie kann ich Ihnen denn helfen?"
Kathi zeigte mit dem Finger auf den Grafen. „Wir suchen etwas für meinen … äh … Onkel."
Wilhelm schaute Kathi an, sagte aber tatsächlich nichts.
„Und woran hatten Sie gedacht?", wandte sich die Frau

nun direkt an den Grafen.
„An ein Abendkleid!“, hörten sie Wilhelms Stimme.
Kathi wurde knallrot und schlug mit dem Ellbogen gegen den Rucksack auf ihrem Rücken.
„Autsch!“, hörten sie Gregor stöhnen.
„Ist etwas nicht in Ordnung?“, fragte die Verkäuferin.
„Nein, nein!“, beeilte sich Kathi zu versichern. „Meine Rucksackgurte zwicken ein bisschen.“ Sie lächelte.
„Oh!“ Die Verkäuferin wandte sich wieder an den Grafen. „Ich glaube, ich habe Sie nicht richtig verstanden?“
„Das war nur Spaß!“, meinte Kathi. „Wir suchen einen schönen Anzug für meinen Onkel, der, äh, zu seinem Alter passt. Und bitte nicht so teuer.“
Die Verkäuferin ging zu dem Kleiderständer mit dem sale-Schild und nahm einen Bügel, auf dem eine dunkelgraue Hose, ein schwarzes Jackett sowie darunter eine seidig glänzende, silbrige Weste hingen. Dann griff sie noch zu einem weißen Hemd.
„Oh, das sieht sehr gut aus“, sagte Kathi schnell.
„Mal sehen, ob es passt!“, meinte die Verkäuferin und hielt die Hose neben den Grafen. Sie stellte ihren Kopf schief und nickte dann.
„Die Hose ist viel zu lang“, sagte nun der Graf. Und Gregor ergänzte mit dessen Stimme: „Schneiden Sie die Hosenbeine einfach ab!“
Kathi machte eine schnelle Bewegung mit den Schultern, woraufhin sie ein „Mmpf!“ aus dem Rucksack

hörten. Dann sagte sie: „Der Gr…, äh, mein Onkel möchte das anprobieren!“, entriss der Verkäuferin den Bügel mit den Anzugteilen sowie das Hemd und hielt sie dem Grafen hin. Dann zeigte sie auf die Umkleidekabinen: „Bitteschön, Onkel Wilhelm!“

„Wenn Sie mich bitte begleiten würden“, sagte dieser zur Verkäuferin.

„Wie bitte? Was erlauben Sie sich?“

Der Graf schlug mit seinem Stock vor sich auf den Boden, stützte sich auf den silbernen Knauf und sagte: „Ich bin Graf Wilhelm von Wiesenfeld der Dritte aus dem Hause derer von Niederfahrenhorst auf Schloss Pappenstiel und ich ziehe mich nicht alleine an und aus!“

Die Verkäuferin starrte den Grafen an, dann wanderte ihr Blick über dessen Kleidung, als habe sie erst jetzt bemerkt, dass er aussah, als entstamme er einem anderen Jahrhundert – was ja auch stimmte.

Thorsten wäre vor lauter Peinlichkeit am liebsten im Boden versunken, aber er musste die Situation retten. „Herr Graf, wenn Sie heute mit meiner Unterstützung vorlieb nehmen wollen“, hakte sich bei ihm ein, nahm die Kleidungsstücke aus Kathis Hand und schob den Grafen zu den Kabinen. Die Verkäuferin schaute nun zu Kathi, die ihr Gesicht verzog, damit es aussah, als ob sie lächelte.

„Wissen Sie“, raunte sie der Verkäuferin zu und senkte die Stimme, „mein Onkel ist ein bisschen verrückt. Er hält sich für einen richtigen Grafen. Am besten ist, man spielt einfach mit. Wir haben eine wichtige Feier und da braucht der Gr…, äh, mein Onkel einen neuen Anzug."

Die Verkäuferin nickte verständnisvoll. „Sicherlich! Kein Problem", sagte sie verschwörerisch. Dann wurden sie abgelenkt, weil es hinter dem Vorhang der Umkleidekabine unruhig wurde.

„Vorsicht, meine Söckchen", schrie der Graf.

„Die können Sie doch anlassen!", brüllte Thorsten zurück.

„Du zerreißt mir das Beinkleid, du Tölpel!"

Kathi und die Verkäuferin schauten sich wortlos an. In dem Blick der Frau lag viel Mitgefühl für zwei Kinder, die sich um ihren verrückten Onkel kümmern mussten, der sich für einen Grafen hielt.

Endlich kamen die beiden aus der Kabine. Thorsten hatte einen roten Kopf vor Anstrengung, Wut und Peinlichkeit. Er schaute Kathi an und presste die Luft aus dem Mundwinkel. Der Graf sah verändert aus. Aber der Anzug passte. „Sehr chic, Onkel", sagte Kathi und wandte sich an die Verkäuferin: „Die Sachen nehmen wir."

„Ich wünsche noch eine angemessene Kopfbedeckung", sagte Graf Wilhelm. Die Verkäuferin griff nach einem Hut, den Kathi schon vereinzelt auf den Köpfen von Männern in London gesehen hatte. Er war schwarz und sah aus wie eine umgedrehte längliche Suppenschüssel

mit kleiner Krempe. „Wie wäre es mit einem echten Bowler?“

„Sehr schön, den nehmen wir auch“, sagte Kathi.

„Glauben Sie wirklich, dass ich so meiner Angebeteten entgegentreten kann?“, fragte der Graf.

„Sie wird entzückt sein, glauben Sie mir“, meinte Thorsten nur.

„Was kostet denn das Ganze?“, fragte Kathi.

Als die Verkäuferin den Preis nannte, blies Kathi die Wangen auf. Das Geld reichte ganz knapp.

„Wir hätten doch das Kleid nehmen sollen“, sprach Gregor nun wieder mit Wilhelms Stimme. Ein weiteres Rappeln Kathis an ihrem Rucksack ließ ihn verstummen und sie beeilte sich, der Verkäuferin das Geld zu geben.

Thorsten sah, wie Kathi der Verkäuferin die Pfundnote hinhielt. Er wollte etwas einwenden.

Kathi winkte ab. „Für die Fahrkarte haben wir auch noch was übrig“, sagte sie und steckte das Wechselgeld ein.

Sie verließen das Kaufhaus. Auf dem Rückweg nörgelte Graf Wilhelm herum, er wolle nun endlich zu seiner Liebsten. Nur mit Mühe konnten sie ihm klarmachen, dass er sie erst gegen Abend im Zug wiedersehen würde.

Kathi sprach schräg über ihre eigene Schulter hinweg: „Und du hältst dich bitte mit deinen Scherzen zurück,

Gregor! Mach dich nützlich und hör genau zu: Du nimmst alles Geld, was wir noch haben, an dich. Das gibst du heute Abend dem Grafen, damit er eine Fahrkarte kaufen kann. Du sorgst dafür, dass das klappt, kapiert?“

Als auch Gregor nörgelte, ohne dass man ein Wort richtig verstehen konnte, seufzte Kathi auf. Ein verliebter Graf mit schrägen modischen Vorstellungen und ein Gespenst im Rucksack mit zweifelhaften Scherzchen waren im Moment einfach zu viel für sie.

„Du hast wirklich gute Fähigkeiten als Diener“, sagte sie zu Thorsten. „Vielleicht sollte ich dich das nächste Mal auch mitnehmen, wenn ich Klamotten kaufe.“ Sie lächelte und Thorsten lächelte zurück. Ihr Herz schlug einen kleinen Tick schneller.

33. Kapitel

Nur höfliche Jungen

Als Kathi und Thorsten den Gang zu ihren Zimmern betraten, hörten sie laute Stimmen aus dem Mädchenzimmer. Markus versperrte mit seinem Rücken den Eingang. Tina schimpfte gerade: „Zisch ab, Markus! Ich wette, dein Zimmer sieht noch aus wie eine Müllhalde. Warte nicht, bis Herr Sennefeld Ärger macht! Hier bist du jedenfalls überflüssig!“
„Ich will nur eben deinem Hilfsarbeiter sagen, dass er mit unserem Zimmer weitermachen soll, wenn er hier fertig ist.“ Er stemmte die Hände in die Hüften. „Aber ordentlicher als hier, klar?“
Jan, dem die Worte gegolten hatten, tat so, als habe er nichts gehört, und fegte mit dem großen Besen unter einem Bett. In den Borsten verfingen sich ein Taschentuch, zwei Bonbonpapierchen und einige Salzstangen.
„Ey, Putzfrau! Hast du was auf den Ohren? Ob das klar ist, habe ich gefragt!“
„Spiel dich nicht auf, du Blödmann!“, sagte Kathi.
Markus drehte sich langsam um, grinste hämisch und antwortete: „Ich hab' eine Idee! So einen Schlaffi wie Jan kann sogar ein Mädchen ersetzen. Du machst unser Zimmer sauber! Oder ist sich unser Fernsehstar jetzt für so was zu fein?“
„Mach's selbst, du Quatschkopf!“, mischte sich Thorsten ein. „Du hast auch am meisten rumgesaut!“

„Du redest nur, wenn du gefragt wirst, Kleiner!“
„Wie habt ihr es nur mit dem in einem Zimmer ausgehalten?“, fragte Kathi.
„Wenn er pennt, ist er wirklich ein netter Kerl“, meinte Thorsten.
„Dann schnarcht er“, widersprach Jan.
„Wo wart ihr eigentlich heute Morgen?“, wandte sich Markus Kathi und Thorsten zu. „Händchen halten?“
„Halt die Klappe!“
„Aha, ich habe richtig getippt!“ Er grinste wieder blöde. „Und Herr Sennefeld hat verboten, dass jemand die Jugendherberge verlässt.“ Er lehnte sich an den Türrahmen. „Wird ganz schön sauer sein, wenn er erfährt, wie hier seine Anweisungen missachtet werden.“
„Markus, ich glaube, ich muss dir die Zähne putzen, du hast Mundgeruch!“, sagte Jan hinter ihm. Er hielt den Besen in Kopfhöhe mit den Borsten auf Markus' Nacken gerichtet. Als der sich umdrehte, hatte er die Borsten im Gesicht. Markus schlug heftig gegen den Besen, sodass dieser quer durch den Raum flog. Mit großem Getöse krachte er gegen den Mülleimer.
„Wenn der Besen kaputt ist, können wir ja immer noch deinen Kopf benutzen“, scherzte Kathi in Anspielung auf seine Frisur.
Doch Markus starrte nur mit wutverzerrtem Gesicht auf Jan. „Das wirst du bitter bereuen“, zischte er und ging auf ihn zu.
„Habt ihr die Bude immer noch nicht sauber?“, hörten

sie eine Stimme vom Flur. Bernd näherte sich mit seinem typischen schlendernden Gang. Markus blieb stehen, schaute Jan mit einem giftigen Blick an, ließ aber seine erhobenen Fäuste wieder sinken. Sein Blick sagte deutlich: „Wir sprechen uns noch!“ Dann betrat Bernd den Raum.

„Jetzt, wo uns Markus angeboten hat zu helfen, werden wir schnell fertig sein“, meinte Kathi grinsend.

„Sieh an, Markus überrascht einen immer wieder aufs Neue.“ Und ehrlich überzeugt fuhr Bernd fort: „Das ist aber nett von dir!“

Markus machte ein Gesicht, als habe Herr Sennefeld gesagt, seine Mathearbeit sei fehlerlos, obwohl er gar nicht geübt hatte und fast nur Fünfen schrieb.

„Lass dich nicht stören, Markus!“ Bernd kam näher und legte einen Arm um seine Schulter. „Ich wette, die Mädchen haben blöde Bemerkungen gemacht, nur weil du dich mal von deiner netten Seite zeigen wolltest.“ Er hob den Besen auf und drückte ihn Markus in die Hand. „Oder machst du das nur, weil Kathi jetzt berühmt ist?“

Plötzlich hörten sie Herrn Sennefeld über den Flur brüllen: „Jan, Thorsten, Markus, Dennis, Tobias! Wo seid ihr, verdammt noch mal?“ Alle, nicht nur die angesprochenen Jungs, zuckten zusammen. In Herrn Sennefelds Stimme lag etwas unüberhörbar Bedrohliches.

„Hier sind ein paar von den Jungs!“, rief Bernd zurück. Und leise zu den umstehenden Kindern: „Habt ihr was

ausgefressen?“ Alle schüttelten den Kopf. Nun erschien Herr Sennefeld im Türrahmen. Das Zimmer musste sicher bald wegen Überfüllung geschlossen werden, dachte Kathi.
Herr Sennefeld atmete tief durch und sagte zu den Jungs, während er sich mühsam beherrschte: „Euer Zimmer sieht aus wie ein Schweinestall! Wieso habt ihr noch nicht sauber gemacht? Stattdessen hängt ihr hier im Mädchenzimmer herum!“ Und weil die Jungs nicht antworteten: „Zack jetzt! Oder ihr werdet mich kennenlernen!“
„Sie tun den Jungs unrecht“, sagte Bernd beschwichtigend. „Sie wollten erst den Mädchen helfen und dann machen sie zusammen ihr eigenes Zimmer sauber.“
Alle Jungs nickten blöde. Herrn Sennefelds Blick fiel auf den Besen in Markus' Hand.
„Wir sind hier auch fast fertig“, bemerkte Thorsten und stellte die Stühle ordentlich an den Tisch.
„Und wo sind Dennis und Tobias?“, fragte Herr Sennefeld. Das Misstrauen in seiner Stimme war nicht zu überhören.
„Hier!“, kam es wie aus einem Munde. Sie standen hinter ihrem Lehrer.
Herr Sennefeld drehte sich um und trat einen Schritt zurück, damit sie hereinkommen konnten. „Wo habt ihr euch denn herumgetrieben?“
„Die haben mir geholfen, meine Taschen in die Halle zu tragen“, vernahmen sie Monas Stimme.

„Sie hat uns gefragt, ob wir ihr helfen können", meinte Dennis kläglich.
„Was habe ich für aufmerksame Jungs in meiner Klasse", sagte Herr Sennefeld, aber es klang nicht überzeugt.

Mona stolzierte herein. Sie hatte sich für die Reise zurechtgemacht und trug ein zitronengelbes Sommerkleid. Die nackten Arme waren von unzähligen Armreifen bedeckt und ihr Gesicht sah aus, als habe ein Kosmetikladen an ihr alle gängigen Farben ausprobiert.
„Sie sehen toll aus", entfuhr es Herrn Sennefeld. Er räusperte sich, als er den Blick von Bernd bemerkte und sagte an alle gewandt: „In einer halben Stunde mache ich Zimmerkontrolle! Dann sieht jedes Zimmer aus, als sei es unbewohnt! Habe ich mich klar ausgedrückt?"
„Aber natürlich!", antwortete Kathi. „Wie immer."
Herr Sennefeld schaute sie kurz an, machte einen Laut, der nicht zu verstehen war, und verließ den Raum. Das war gar nicht so einfach, weil im Eingang Dennis und Tobias standen.
„Was steht ihr hier noch rum? Ihr habt zu tun!" Er verließ den Raum und Bernd ließ lautstark die Luft heraus.
„So, Leute, haltet euch nicht mit Kinkerlitzchen auf! Haut rein! Eine halbe Stunde ist nicht lang!"
„Los, feg weiter!", flötete Tina und grinste Markus an. Mit grimmigem Gesicht setzte er den Besen in Bewegung, während Jan die Mülltüte aus dem Papierkorb nahm.

„Das sind so nette Jungs“, bemerkte Mona und setzte sich auf Kathis abgezogenes Bett.
„Na, hast du denn dein Zimmer schon gefegt?“, fragte Bernd grinsend.
„Was? Muss ich das? Ich kann mich mit dem Kleid so schlecht bücken.“
„Ich werde für dich fegen“, sagte Bernd nun. „Die Jungs hier sind mir ein Vorbild, nett zu sein.“

34. *Kapitel*

Angelsachsen am falschen Platz

Kathi ließ Gregor über MäcFeinripp ausrichten, dass sie sich später an dem Blumenladen in der Eingangshalle des Bahnhofs treffen wollten. Sie hoffte nur, dass der Graf es schaffen würde, die richtige Fahrkarte zu kaufen, schließlich hatte es zu seiner Zeit nur Kutschen gegeben, mit denen man reisen konnte.

„Das größte Problem ist eigentlich Mona", sagte Thorsten.

„Stimmt! Die beiden dürfen sich nicht begegnen. Dann gibt es eine Katastrophe!", ergänzte Kathi kopfnickend.

„Wie soll das gehen?", fragte Jan. „Sie sitzen im gleichen Zug und benutzen das gleiche Schiff zur Überfahrt."

Darauf wusste keiner eine Antwort. Aber sie konnten den Grafen und Gregor schließlich nicht mit einem späteren Zug fahren lassen. Es war unerlässlich, ein Auge auf den alten Wilhelm zu haben, der sich in der modernen Welt verhielt wie ein Meerschweinchen auf einem Drahtseil.

„Es wird schon irgendwie klappen." Kathi wünschte, dass sie glauben konnte, was sie da sagte.

„Er muss ein eigenes Abteil bekommen und wir müssen verhindern, dass sich Mona da reinsetzt", überlegte Thorsten. Alle nickten, einige seufzten. Dann hörten sie Herrn Sennefeld: „In fünf Minuten in der Halle. Es geht los!"

„Leb wohl, London!“, dachte Kathi. „Tut mir leid, dass ich so wenig von dir mitbekommen habe.“

Als sie die Bahnhofshalle betraten, war der Graf nirgends zu entdecken.
„Wo sind die bloß?“, fragte Tina. Kathi bekam Panik.
Herr Sennefeld dirigierte die Truppe zu ihrem Bahnsteig. Kathi musste Zeit gewinnen. „Herr Sennefeld, ich muss mal!“, schrie sie nach vorne.
Ihr Lehrer verzog genervt den Mund. „Beeil dich! Du weißt ja, auf welchem Bahnsteig wir abfahren.“
Wortlos griff Thorsten nach Kathis Tasche. Sie schauten sich an. Es war schön, sich zu verstehen, dachte Kathi.
„Ich muss auch!“, brüllte Tina und hielt Jan ihre Tasche hin.
„Guck mal, die beiden Packesel!“, grölte Markus.
„Wir müssen auch nicht unsere Hosen festhalten!“, sagte Thorsten und Markus wusste für den Moment nicht, was er erwidern sollte.

Tina und Kathi hasteten durch die große Halle. Sie hatten nicht viel Zeit und hielten Ausschau nach einem großen Mann mit Bowler und dunklem Anzug. Endlich entdeckte ihn Kathi am Kartenschalter. Er stand mit dem Rücken zu ihnen und diskutierte offensichtlich heftig mit dem Kartenverkäufer.
„Wo sind die verdammten Kofferträger?“, brüllte er in das kleine Fensterchen. Der Mann hinter dem Schalter

zog nur die Schultern hoch, hob die Hände und schüttelte den Kopf.
„Sie glauben doch nicht, dass ich das ganze Gepäck alleine trage. Was glauben Sie, wer ich bin?“
Kathi konnte sich ein Grinsen nicht verkneifen. Das einzige Gepäck des Grafen war die Tüte, in der ursprünglich der neue Anzug und nun die alten Sachen waren.
„Da seid ihr endlich!“, zischte Gregor. Er saß in der Tüte und war mit den Nerven fertig. „Wenn ich zu Hause bin, brauche ich Urlaub, ganz sicher!“
„Selbstverständlich trage ich Ihre Tasche“, sagte Kathi.
Der Graf drehte sich um. „Ein unhöfliches Volk, diese Angelsachsen“, erklärte er. Mit vorgestrecktem Kinn folgte er Kathi. Tina eilte hinterher.
„Wir müssen ihn an das andere Ende des Bahnsteigs bringen, damit er nicht entdeckt wird“, flüsterte sie Kathi zu. Dann rannte sie vor zu Herrn Sennefeld, um ihn zu beruhigen, sie seien wieder da.
Der Bahnsteig war fast bis zum Überlaufen mit Schulklassen gefüllt, dazwischen einzelne Reisende oder Familien mit Kindern. Immer wieder mahnte Herr Sennefeld zusammenzubleiben. Dennoch hielten sich Tina und Kathi abseits mit dem Grafen.

Endlich wurde der Zug angekündigt. Unruhe kam in die Gruppen. Alle griffen nach ihren Taschen, denn es ging darum, schnell im Waggon zu sein und sich einen

Platz zu sichern. Kathi winkte Thorsten und Jan und sie nahmen eine andere Waggontüre als der Rest der Klasse.

Es gelang ihnen, ein Abteil mit sechs Plätzen zu erkämpfen. Als eine ältere Dame durch die Abteiltüre blickte und fragte, ob noch ein Platz frei sei, schüttelten sie heftig den Kopf.

„Puh, das wäre geschafft!", keuchte Tina.

„Und das machen wir noch zweimal durch, auf dem Schiff und dann auf der Zugfahrt von Calais nach Hause!", gab Thorsten zu bedenken. Aber daran wollten sie noch gar nicht denken. Jan zog die Vorhänge zum Gang hin zu. Wenige Minuten später setzte sich der Zug in Bewegung.

Herr Sennefeld erschien plötzlich in der Türe. „Ich will mal eben durchzählen, ob wir auch keinen vergessen haben", sagte er, grüßte gedankenverloren den älteren Herrn und verschwand wieder. Sie schauten sich an. Wenn das nur gut ging, sagten ihre Blicke. Sie konnten nicht ahnen, dass die Schwierigkeiten gerade erst anfingen.

35. Kapitel

Der König von Germanien

Graf Wilhelm von Wiesenfeld der Dritte unterhielt das Abteil mit seinen blumigen Liebesschwüren: „Sie ist eine zarte Lotusblüte, deren Duft mich trunken macht, ein kleines Pflänzchen, das ich gieße …"
„Passen Sie auf, dass das Pflänzchen nicht durch Sie ersäuft!", unterbrach ihn Tina.
„Wie bitte?"
„Schon gut!", flötete Tina. Alle schmunzelten vor sich hin.
„Ich will nun endlich zu meiner Angebeteten!", sagte der Graf mit scharfem Ton.
„Sie müssen Geduld haben, Graf!", meinte Kathi. „Ihre Liebste will sich ein bisschen schön machen für die Begegnung mit Ihnen. Das müssen Sie doch verstehen!"
Der alte Wilhelm brummelte irgendwas und schaute aus dem Fenster. „Rollt dieses Gefährt nicht ein bisschen schnell dahin?", fragte er unsicher.
„Haben Sie keine Sorge!", beschwichtigte Thorsten. „Der äh, Kutscher hat das eiserne Ross fest am Zügel."
Kathi staunte über Thorstens bildhafte Sprache. Aber Hauptsache, der Graf wurde von Mona abgelenkt.
Nur zehn Minuten später passierte es: Die Abteiltüre ging auf und da stand sie in ihrem zitronengelben Sommerkleid. Und sie sah wirklich wunderschön aus, dachte Kathi.

„Herr Sennefeld lässt ausrichten …“ Weiter kam sie nicht. Der Graf war aufgesprungen und fiel vor der fassungslosen Mona auf die Knie. „Meine Teuerste, endlich haben Sie die Großmut, unter meine unwürdigen Augen zu treten, Wunschtraum meiner schlaflosen Nächte, meine Sonne in trüben Novembertagen …“
„Haben wir schon November?“, fragte Mona dazwischen. Sie starrte dem Grafen auf den Kopf, der ihr genau bis zum Bauchnabel ging.
Kathi, Tina, Thorsten und Jan saßen wie versteinert in ihren Sitzen und vergaßen fast zu atmen. Der Graf ergriff Monas Hand und fuhr fort: „Ich will den Staub von Ihren Schuhen hinwegküssen …“
Mona schaute kurz auf ihre Schuhe und Kathi war sicher, sie dachte, der Graf meine, sie seien schmutzig.
„Ist Ihnen nicht gut?“, fragte Mona den Grafen. „Stehen Sie doch auf!“ Sie hatte noch gar nicht begriffen, dass das Gequassel des alten Wilhelm an sie gerichtete Liebesschwüre waren.

Was konnte ihnen jetzt noch helfen, fragte sich Kathi, als eine Lautsprecherdurchsage ertönte: „Graf Wilhelm von Wiesenfeld wird gebeten, zum Schaffner zu kommen. Ein wichtiger Anruf seiner Hoheit, des Königs von Germanien. Graf von Wiesenfeld, bitte!“

Der Graf stutzte. „Der König von Germanien will mich sprechen? Das ist ja seltsam!"
„Sie wissen aber doch wohl, Herr Graf, dass der König von Germanien nicht gerne wartet!", sagte Tina.
„Sehr richtig!", bestätigte Kathi.
„Oh, mein Edelweiß auf einsamen Gebirgshängen, der König ruft mich und ich habe zu gehorchen. Aber seien Sie gewiss, dass ich in Bälde zu Ihnen eile und wunderbar süße Worte in Ihre zarten Ohren zu hauchen gewillt bin."
Mona nickte roboterhaft und der Graf stand auf, um sich zu entfernen. Sie machte ihm Platz.
„Besser, ich begleite Sie!", sagte Thorsten schnell und sprang hinterher.

„Hat einer von euch schon mal was von einem König von Germanien gehört?", fragte Mona die anderen drei.
Mona hatte keine Ahnung, was hier los war und das war vielleicht die einzige Chance, aus dieser misslichen Lage herauszukommen, dachte Kathi. Sie grübelte angestrengt. Was würde Gregor dem Grafen sagen? Ihr war klar, dass er die Lautsprecherdurchsage zu verantworten hatte.
„Tja, ich glaube, ich verschwinde, bevor dieser komische Kauz wiederkommt", überlegte Mona laut.
Sie wollte das Abteil verlassen, als Kathi sie aufhielt. „Warum bleibst du nicht hier bei uns? Es ist ja noch

ein Platz frei." Tina und Jan glotzten Kathi mit offenem Mund an. Was war nur in ihre Freundin gefahren?

„Herr von Wiesenfeld ist ein berühmter Schauspieler, musst du wissen", erklärte Kathi. „Er bereitet sich auf eine neue Rolle in einem Film vor."

„Ein Schauspieler?"

Kathi nickte. „Sozusagen. Er übt gerade die Rolle, die er dort spielen soll, einen romantischen Liebhaber. Man weiß ja, wie schwer gerade Liebesszenen zu spielen sind."

Mona machte eine Bewegung mit den Händen, als sei ihr das völlig klar. „Vielleicht gibt er mir ein Autogramm?"

„Sicherlich! Und nun setz dich!"

Tina, die neben Kathi saß, trat ihrer Freundin gegen das Schienbein. Kathi zwinkerte ihrer Freundin zu.

„Ich wäre ja auch so gerne eine berühmte Schauspielerin", jammerte Mona. „Ich hab mich auch schon mal bei ‚Verbotene Liebe' beworben. Leider hat's nicht geklappt."

„Du wärst sicherlich eine wunderbare Schauspielerin geworden", meinte Kathi. Jan schaute aus dem Fenster, damit Mona verborgen blieb, wie er versuchte, nicht zu lachen.

„Ich kann auch was aufsagen", meinte Mona. „Soll ich mal?"

„Was willst du denn aufsagen?", fragte Tina.

„Ein Gedicht!" Mona stellte sich aufrecht hin, legte

den Kopf leicht schräg und begann, übertrieben deutlich vorzutragen: „Wer reitet so spät durch Nacht und Wind? Es ist der König mit s …“

„Ach ja, der König“, unterbrach sie Kathi. „Herr von Wiesenfeld wird sicher gleich wiederkommen. Du könntest doch die Rolle seiner Geliebten übernehmen.“

„Hat er denn den Text dabei?“

„Natürlich nicht! Er kann die Rolle doch längst auswendig.“

Mona nickte, als sei ihr das im Grunde völlig klar.

Kathi erklärte: „Er muss nur ein Gegenüber haben, dann ist es auch für einen guten Schauspieler leichter, in die Rolle zu finden.“

„Aber was soll ich sagen?“

„Na, du spielst einfach mit. Das kann einer so begabten Schauspielerin wie dir doch nicht schwerfallen!“ Kathi schaute Mona an und hoffte inständig, dass in diesem Moment sie selbst die beste Schauspielerin im Abteil war.

Tina hatte die Augen geschlossen und stöhnte kurz auf. Es war eindeutig, was sie dachte: „Hoffentlich geht das gut!“

Während sich Mona tatsächlich auf einem Sitz niederließ, fragte sich Kathi, wo Thorsten und der Graf blieben, und was sich Gregor ausgedacht hatte.

36. *Kapitel*

Ein Graf ist kein Nachtwächter

Gregor grübelte über einen Plan nach, während er Thorsten und dem Grafen unbemerkt folgte. Er hatte im Abteil nur den Gedanken gehabt, den liebestollen Wilhelm von Mona wegzulotsen. Aber nun wusste er auch nicht, wie es weitergehen sollte. Er musste nachdenken. Der Graf war letztlich nicht mehr von Mona fernzuhalten. Aber am Ende der Reise mussten sie sich trennen. Was konnte den alten Wilhelm dazu bewegen, auf die Begleitung Monas zu verzichten?

Thorsten und der Graf quetschten sich durch den überfüllten Zug. Einige jüngere Reisende stießen sich an und grinsten, als Wilhelm von Wiesenfeld an ihnen vorbeiging. Doch keiner sah den an der Decke entlanghuschenden Geist.

„Wo müssen wir denn hin, junger Mann?“, fragte der Graf seinen Begleiter.

Woher sollte Thorsten das wissen? Auch ihm war natürlich klar, dass es sich nur um eine Idee Gregors handeln konnte.

Hier am Ende des Zuges wurde es deutlich leerer. Gregor schwebte ein kleines Stück voraus und bemerkte ein Abteil mit zugezogenen Vorhängen. Als der Graf in Höhe des Abteils war, ließ er die tiefe und kräftige Stimme eines deutschen Politikers vernehmen, die er

vor einiger Zeit im Radio gehört hatte: „Graf Wilhelm von Wiesenfeld der Dritte?“
Der alte Mann zuckte zusammen und blieb stehen. „Spreche ich mit Seiner Exzellenz?“
„Bleibe er da draußen stehen! Ich möchte nicht, dass jemand erfährt, dass ich im Zug sitze. Er kann sich auch so mit mir unterhalten!“
„Wie Ihr wünscht, Majestät.“ Der Graf machte einen tiefen Diener vor der geschlossenen Türe, ohne zu bedenken, dass der König seine Verbeugung ja gar nicht sehen konnte.
„Was ist er nur für ein alter Schürzenjäger?“ Die Stimme klang kumpelhaft.
Der Graf zuckte wieder zusammen. „Nun, ich beabsichtige, mich mit der Frau meiner Träume zu vermählen.“ Er lächelte unsicher.
„Das wird wohl nicht klappen, Graf!“
„Wie meinen, Eure Majestät?“
„Er hat schon ganz richtig verstanden. Ich kann mir herumturtelnde Untergebene in meinem Reich nicht leisten. Die können sich nicht auf die Geschäfte und das Regieren konzentrieren.“
„Ja, aber …“
„Nichts aber!“, herrschte ihn Gregor an.
Thorsten stand auch auf dem Gang und schaute teilnahmslos. Er versuchte herauszufinden, worauf Gregor hinauswollte.
„Er ist nicht auf dem Laufenden“, fuhr Gregor fort.

„Schloss Pappenstiel gibt es so nicht mehr. Es ist vor einigen Jahren an einen Fernsehsender für die Produktion von Ritterfilmen und Volksliedersendungen verkauft worden …"
„Mein Schloss Pappenstiel?", schrie der Graf auf.
„Unterbreche er mich nicht!"
„Pardon!", beeilte sich der Graf zu sagen und machte wieder einen überflüssigen Diener.
„Und ohne Schloss keine Vermählung, das sieht er doch ein, oder?" Gregor machte eine kurze Pause, aber Wilhelm sagte nichts mehr. „Oder will er seine Auserwählte in einer Bauernkate ehelichen?" Gregor wusste, dass der Graf auf seinen Stand bedacht war.
„Oh, wie furchtbar", schluchzte der Graf auf.
„Nun jammere er nicht!", meinte Gregor. „Ich habe eine Aufgabe für ihn."
Der Graf horchte auf. „Wird mir das ermöglichen, doch das Bildnis meines Herzens in eine angemessene Behausung zu führen?"
„Leider nicht!" Der Graf sackte zusammen. „Er wird erst einmal ein anderes Schloss mitverwalten, das im Besitz seiner Sippschaft mit dem Namen Niederfahrenhorst ist. Ein Familienmitglied ist dort schon tätig."
„Der Museumsführer!", dachte Thorsten. „Das Schloss ist nun ein Museum …"
„Das?", schrie der Graf auf. „Da habe ich doch schon an der Wand gehangen!"
„Das ist doch kein Hinderungsgrund, oder?"

Darauf wusste Graf Wilhelm nichts zu erwidern. Doch dann fragte er: „Und was soll ich da tun?“
„Nun“, erklärte Gregor, „er wird die nächtliche Überwachung der Kunstwerke übernehmen. In letzter Zeit ist es dort zu wenig wünschenswerten Vorkommnissen …“
„Ich bin ein Graf und kein Nachtwächter!“, unterbrach Wilhelm seinen König und straffte den Oberkörper.
„Na und? Bilde er sich nichts darauf ein! Das ist heutzutage anders geworden. Frage er mal hier im Zug, ob jemand den König von Germanien kennt. Über die Antworten würde er sich wundern.“
Thorsten schaute kopfschüttelnd an die Decke und bemerkte Gregor. Der zwinkerte ihm zu.
„Und wann soll ich die Gelegenheit haben, meine kleine Prinzessin in mein Zuhause zu führen?“
„Nun sei er nicht so ungeduldig! Es wird sich alles finden!“ Gregor machte eine kleine Pause, dann sagte er: „Er kann gehen!“
Thorsten tat der Graf ein bisschen leid. Wilhelm von Wiesenfeld stand da, als sei er ein Schüler und der Lehrer habe ihm gerade gesagt, was er für eine Flasche in Mathe sei.

Der Graf ließ den Kopf hängen und schlurfte zurück zum Abteil. Thorsten schaute an die Decke, wo Gregor schwebte, blies die Backen auf und ließ die Luft langsam entweichen.

Gregor nickte verstehend. Das Problem war noch nicht gelöst. Das würde es erst sein, wenn Mona und der Graf am Ende der Reise den Zug in getrennte Richtungen verließen.

37. Kapitel

Harte Zeit der Prüfung

„Oh, meine Holde“, sagte der Graf, als er das Abteil der Kinder wieder betrat. „Die Sorgen eines Grafen haben mich für Momente Ihren Liebreiz vergessen lassen. Schande über mich, dass ich die Reinheit Ihrer Anmut für eine Sekunde nicht voller Inbrunst in meinem Herzen trug.“

„Toll!“, sagte Mona und klatschte in die Hände. „Echt irre!“

Der Graf schaute sie kurz unsicher an, dann lächelte er.

„Was hat denn der König gesagt?“, fragte Kathi, die versuchte, im Blick von Thorsten eine Antwort zu erhalten. Doch vergeblich.

„Sie spielen einen Grafen?“, fragte Mona.

Wilhelm schlug sich die Faust auf die Brust und sagte tönend: „Ich bin Graf Wilhelm von Wiesenfeld der Dritte aus dem Hause derer von Niederfahrenhorst auf Schloss Pappenstiel!“ Er schaute Kathi an und fuhr fort: „Ich denke, es ist an der Zeit, dass man uns standesgemäß vorstellt.“

Kathi hustete, dann fing sie sich und entgegnete: „Darf ich vorstellen, Herr Graf: Mona!“

Der Graf machte eine tiefe Verbeugung vor der sitzenden Mona. Sie hielt dem Grafen die Hand hin, die dieser nahm und einen Kuss daraufdrückte.

„Ihre Haut ist so sanft wie der Septemberwind in den

Buschwindröschen ..." Er musste sich unterbrechen, weil nun Jan einen Hustenanfall bekam. „Ich will Ihre Haut mit den teuersten Ölen pflegen lassen, die edelsten Parfums aus dem Orient sind gerade gut genug, Ihre Haut zu berühren."

„Sie sind zu gütig zu einem einfachen Fräulein wie mir", sagte Mona mit piepsiger Stimme.

„Ich bin Ihr Diener", entgegnete Wilhelm von Wiesenfeld und machte eine weitere Verbeugung.

Kathi dachte, dass das besser war als jede Witzsendung, die sie im Fernsehen gesehen hatte. Auch die anderen folgten dem Gespräch der beiden mit größtem Interesse. Thorsten schaute fragend und Kathi lächelte ihn an. Er wusste ja nicht, warum Mona so mit dem Grafen sprach.

„Uns steht eine harte Zeit der Prüfung bevor", sagte der Graf, nahm wieder die Hand Monas und wollte fortfahren, als die Abteiltür aufging und Bernd hineinschaute.

„Was ist denn hier los?", fragte er beim Anblick des vor seiner Freundin knienden fremden Mannes.

„Ist er nicht süß?", jauchzte Mona und sagte zu Wilhelm: „Jede Prüfung wird mich nur in meinen Gefühlen bestärken, holder Graf!"

„Graf?", fragte Bernd und schaute einfach nur blöde drein.

Mona wandte sich Bernd zu und sagte: „Er ist eigentlich ..."

„... zufällig hier im Abteil", ergänzte Kathi. Sie schwitz-

te schon wieder. Das Wort „Schauspieler“ durfte auf keinen Fall ausgesprochen werden.
„Was gibt's denn, Bernd?“, versuchte Tina abzulenken.
Bernd schaute sie an, dann besann er sich: „Ich habe Mona gesucht. Sie sollte in allen Abteils sagen, dass wir in einer Stunde in Dover sind und der Zug Verspätung hat. Wir müssen uns also beeilen, um die Fähre noch zu bekommen.“ Er glotzte auf den Grafen, der immer noch Monas Hände hielt, und sagte gedankenverloren: „Aber sie ist hier wohl hängen geblieben.“
„Lass uns noch ein bisschen weiterspielen!“, meinte Mona.
„Komisches Spiel!“, brummte Bernd, während er ging.
Seltsamerweise sah ihr Onkel nicht eifersüchtig aus, dachte Kathi. Dennoch folgte sie ihm aus dem Abteil. Wenige Meter später hatte sie ihn eingeholt und sagte: „Du musst dir nichts dabei denken. Das ist ein lustiger alter Mann.“
Bernd schaute sie an. „Was soll ich mir denn dabei denken?“
Kathi war durcheinander. Was sollte denn diese Frage? Bei Herrn Sennefeld war er doch eifersüchtig gewesen, oder etwa nicht? Und hier sah alles noch viel schlimmer aus mit dem vor Mona knienden und verliebt guckenden Grafen.
„Was hast du denn gedacht, als du den Mann mit Mona in unserem Abteil gesehen hast?“
Bernd zuckte kurz mit den Schultern. „Ein Verrückter,

ein Schauspieler, ein Komiker?“
„Stimmt quasi alles!“, sagte Kathi lachend, gab ihrem Lieblingsonkel einen Kuss auf die Wange und verschwand wieder in Richtung Abteil. Sie war erleichtert, aber ganz verstehen konnte sie die Erwachsenen eigentlich nicht.

38. Kapitel

Keine Degenkämpfe

Mona hatte sich beim Grafen eingehängt, als sie die Fähre über den Holzsteg betraten. „Hoffentlich haben wir diesmal ruhigeres Wetter als bei der Hinreise“, sagte sie.

„Ich war auf der Hinreise auch auf dem Schiff“, erklärte Wilhelm von Wiesenfeld. „Aber der Wellengang konnte mir in meinem damaligen Zustand nichts anhaben.“

Mona stakte mit ihren hochhackigen Schuhen über den Steg, als müsse sie auf einem Drahtseil balancieren. Kathi, Thorsten, Tina und Jan folgten den beiden auf das Schiff. Gregor war in Kathis Rucksack gewechselt, auch wenn er befürchten musste, für etwaige Scherze mit einem Durchschütteln bestraft zu werden.

„Ein blubbiges Pärchen“, hörten sie eine Stimme unter ihnen. Es war Helmes Wellenstreicher. Sie winkten unauffällig in Richtung Wasseroberfläche.

Der Graf war nicht zu überreden gewesen, den Degen abzulegen.

Markus starrte beeindruckt auf den schmuckvollen Griff der Waffe. „Hey, Sie Musketier!“, rief er von hinten. „Wollen Sie mich nicht zu einem Duell auffordern?“

Der alte Wilhelm ließ Monas Arm los, drehte sich herum, betrachtete in aller Ruhe den Jungen, der da vor ihm stand, und sagte: „Junger Hitzkopf, diese gedankenlose Herausforderung hat schon manchem meiner

Gegner eine Lektion im Degenfechten zuteil werden lassen. Sind Sie dafür gewappnet?"

„Ich kann gar nicht fechten", sagte Markus und versuchte, nicht kleinlaut zu klingen. Schließlich hörte die halbe Klasse das Gespräch mit.

„Dann war Ihre Herausforderung wenig überlegt und könnte Ihnen eine Erinnerung in Ihrer Haut bescheren, die Sie ein ganzes Leben an diese Schiffsreise denken lässt."

Mona kaute einen Kaugummi und kreischte: „Ist er nicht süß?"

Sie hörten eine Durchsage über die Bordlautsprecher: „Der Kapitän begrüßt Sie an Deck der MS Diana. Alle Passagiere werden gebeten, keine Degenkämpfe auf Deck zu führen und das Kaugummikauen einzustellen."

Alle lachten auf und Herr Sennefeld, der das Gespräch der beiden auch mitbekommen hatte, meinte, der Kapitän habe jedenfalls Humor. Mona hörte augenblicklich mit dem Kaugummikauen auf und lächelte verlegen.

Kathi schüttelte den Rucksack auf ihrem Rücken und zischte: „Sei ruhig und lass deine Scherze!". Sie wollte nur noch eine geruhsame Überfahrt und keine Katastrophen mehr.

Der Graf saß mit Mona und einigen Kindern in der Messe, also dem Restaurant. Die Kinder hielten ihn für einen schrulligen alten Mann, den man aber nicht ungestraft auf den Arm nehmen durfte, wie Markus hatte feststellen müssen. Bernd und Herr Sennefeld waren nicht zu sehen.

Gregor war inzwischen dem Rucksack entstiegen, um Helmes zu begrüßen und mit ihm ein paar Worte von Gespenst zu Gespenst zu wechseln, wie er sagte. Kathi konnte nicht ahnen, dass ihm langweilig war und er schon eine Idee für einen seiner typischen kleinen Scherze hatte. Dazu benötigte der kleine Geist aber unbedingt die Hilfe von Helmes.

39. Kapitel

„Blubbig Verdauung …“

Gregor und Helmes hatten einige Zeit bei den Rettungsbooten gesessen und geplaudert. Der Meeresgeist war ganz hingerissen von dem Schabernack, den Gregor sich ausgedacht hatte. Sie schlichen sich unbemerkt in die Messe, in der wegen des regnerischen Wetters fast alle Passagiere saßen. Schnell machten sie Markus, das Opfer ihres Scherzes aus, der in einer Ecke mit seinen Freunden Tobias und Dennis saß. Sie näherten sich unbemerkt und Helmes flüsterte die Worte: „Blubbig Verdauung macht schlapp!“
Nur wenige Sekunden später fasste sich Markus an den Bauch, sagte: „Ich glaube, ich muss mal aufs Klo“, und verließ hastig den Raum in Richtung Toiletten.
Helmes und Gregor folgten ihm. Sie beobachteten, wie er eilig in einer Toilette verschwand und zuschloss.
Grinsend schaute Gregor Helmes an und sagte mit Tinas Stimme: „Markus, bist du da drin?“
„Ja, was willst du denn hier? Das ist die Jungentoilette. Hau ab!“
„Ich muss nicht aufs Klo!“ Gregor machte eine kleine Pause. „Ich will mit dir sprechen!“
„Ich hab’ keine Zeit!“, kam die gepresste Antwort.
„Aber es ist total wichtig!“
Ein Stöhnen von drinnen war die Erwiderung.
Gregor rieb sich seine kleinen Gespensterhände, dann

sagte er weiter mit Tinas Stimme: „Ich wollte dir sagen, dass ich dich irgendwie nett finde. Ich weiß, dass sich hinter deiner rauen Schale ein ganz netter Junge verbirgt. Und", Gregor machte eine Pause, als müsse Tina erst den Mut finden, weiterzusprechen, „ich finde dich schon ganz lange süß und wollte wissen, ob du nicht mit mir gehen willst!"

Gregor und Helmes sahen sich an. Hinter der Türe blieb es weiterhin ruhig. „Warum sagst du nichts?"

„Ey, ich bin platt! Wieso", er stöhnte kurz, „erzählst du mir das hier auf dem Klo?"

„Ist doch klar, Markus! Wenn ich dich dabei angucken müsste, würde ich mich nicht trauen, es dir zu sagen. Und die ganze Klassenfahrt über habe ich darüber nachgedacht, wie ich es dir endlich gestehen kann."

„Mmh!"

„Du musst jetzt ja auch nicht antworten! Lass dir Zeit und überlege, ob du mich auch nett findest."

„Warte, ich bin gleich fertig, dann komme ich raus!" Man hörte die Klospülung. Helmes machte hektisch Zeichen zum Ausgang hin.

„Ich bin im Restaurant!", sagte Gregor noch schnell mit Tinas Stimme und dann verschwanden die beiden gerade rechtzeitig, bevor die Türe aufging.

„Du bist ein hinterhältiges kleines Gespenst!", sagte Helmes anerkennend. Gregor nickte fröhlich. Eilig machten sie sich auf in Richtung Messe.

40. Kapitel

Zu weit gegangen

Wilhelm von Wiesenfeld redete weiterhin auf Mona ein, der das zu gefallen schien. Kathi, Thorsten, Tina und Jan hatten sich einfach mit an den Tisch zu dem vermeintlichen Liebespaar gesetzt. Kathi meinte, man dürfe die beiden auf keinen Fall aus den Augen lassen. Bernd saß mit Herrn Sennefeld einige Tische weiter bei einer Tasse Kaffee.

„Unsere Liebe wird einer harten Prüfung unterzogen, fürchte ich“, sagte der Graf mit leidendem Gesichtsausdruck.

„Oh, warum nur, Geliebter?“, gab Mona zurück, die dachte, sie müsse möglichst echt mitspielen und das auch recht überzeugend tat, wie Kathi fand.

„Nun“, erklärte der Graf, „widrige Umstände und eine lange Abwesenheit von meiner Heimat ließen mich Haus und Hof verlieren …“

„Oh, Sie Armer!“

Der Graf nickte, schaute Mona an und fuhr fort: „Oh, wie viel Verständnis und Einfühlung in Ihren lieblich gewählten Worten mitschwingen. Doch unsere gemeinsame Zukunft muss ein kleines Weilchen warten, obwohl die Zeit bis dahin sein wird, als müsste ich Tag und Nacht auf einem Nagelbett liegen, so wund wird mein Herz sein.“

„Irre!“, sagte Mona nun. „Denken Sie sich solche Sa-

chen eigentlich in dem Moment aus oder haben Sie sie auswendig gelernt?"
„Wenn ich Sie anschaue, dann kommen mir die Worte wie von selbst!", antwortete der Graf, wobei er mit den Armen in der Luft ruderte und Mona anlächelte.
„Nee, ich meine mal im Ernst!"
Das Gesicht des Grafen veränderte sich plötzlich, als habe er etwas nicht verstanden. In diesem Moment trat Markus an den Tisch.
„Was willst du denn hier?", fragte Jan unfreundlich. „Geh zu deinen Kumpels da drüben hin. Die wollen bestimmt mit dir über Fußball quatschen!"
Markus beachtete Jan nicht, schaute nur Tina an und sagte in einem Ton, den sie gar nicht von ihm kannte: „Ich dachte, ich komme mal zu euch – wenn ich darf."
Kathi und Tina wechselten einen Blick.
„Klar darfst du!", sagte nun Thorsten.
Markus nahm sich einen Stuhl vom Nachbartisch und quetschte ihn zwischen Tina und den Grafen, obwohl zwischen Thorsten und Jan mehr Platz war. Das Gespräch war unterbrochen und keiner wusste, was er sagen sollte.
Kathi dachte, dass Markus vielleicht den Grafen auskundschaften wollte, um sich irgendeine Schweinerei auszudenken. Schließlich hatte Wilhelm ihn ganz schön bloßgestellt am Pier. Aber warum hatte sich Markus ausgerechnet neben Tina gesetzt und warum schaute er sie immer wieder an?

„Möchtest du mal meinen Degen in die Hand nehmen, junger Mann?“, fragte der Graf plötzlich.
Markus, der Tina angestiert hatte, zuckte zusammen, besann sich und sagte ungewöhnlich freundlich: „Das würde ich sehr gerne! Vielen Dank!“
Graf Wilhelm nahm den Degen vorsichtig aus der Scheide, fasste ihn an der Klinge und hielt dem verdutzten Markus den silbern blinkenden Griff hin. Markus nahm die Waffe so vorsichtig in die Hand, als habe er Angst, sie könne in seiner Hand aufweichen wie seine Haare oder sein Hosengürtel. Kathi erwartete, Markus würde nun aufstehen, mit dem Degen herumfuchteln und den wilden Mann spielen. Doch er betrachtete nur kurz den verzierten Griff, dann hielt er ihn Tina hin und sagte: „Willst du ihn auch mal in der Hand halten?“

Tina schaute abwechselnd auf den Degen und auf Markus. Nach unzähligen Sekunden sagte sie: „Ja, vielen Dank!“, und nahm ihn vorsichtig in die Hand. „Boah, ist das Ding schwer!“, rief sie aus.
„Der Degen ist aus handgearbeitetem Stahl, mehrfach geschmiedet und kalt gehämmert“, erklärte der Graf stolz. „Er ist über zweihundert Jahre alt.“
„Woher wissen Sie so genau, wie er hergestellt worden ist?“, fragte Jan.
„Ich war dabei!“

Mona und Markus lachten laut. Markus bemerkte, dass die anderen nicht mitlachten. Er stutzte einen Moment. Vorsichtig gab Tina den Degen wieder an Markus. Der reichte ihn weiter an den Grafen, der ihn in die Scheide steckte.

Markus wandte sich an Tina: „Willst du ein bisschen mit nach draußen kommen? An die frische Luft?"

„Wieso? Ist dir schlecht?", fragte Tina, aber es klang nicht einfühlsam.

„Nicht mehr", sagte Markus. „Na, was ist?"

„Aber schubs sie bitte nicht über die Reling!", bat Kathi, als sie sah, dass ihre Freundin tatsächlich aufstand.

Als die beiden den Raum verließen, drehte sich Tina noch einmal um und warf ihrer Freundin einen Blick zu. Kathi überlegte: Hier stimmte was nicht! Sie flüsterte Jan zu, er solle ein Auge auf die beiden turtelnden Erwachsenen werfen und gab Thorsten ein Zeichen, ihr zu folgen. In einigem Abstand schlichen sie hinter Tina und Markus her.

„Glaubst du, Markus ist vielleicht übergeschnappt?", fragte Kathi.

Thorsten grinste. „Ich bin sicher, es gibt eine näherliegende Erklärung …"

Sie sprachen nicht mehr weiter, da Markus und Tina nun in der Nähe der Rettungsboote an der Reling stehen geblieben waren. Auf Zehenspitzen näherten sich Kathi und Thorsten so weit, dass sie deren Gespräch mithören konnten, ohne gesehen zu werden.

„Irgendwie bist du anders als die anderen Mädchen in der Klasse“, sagte Markus.

Kathi und Thorsten schauten sich an.

Tina hob die Augenbrauen. Sie lehnte sich an die Reling und trommelte mit den Fingern auf dem kalten Geländer.

„Ey, Markus, bist du in Ordnung?“, fragte sie plötzlich.

„Ja, es geht wieder besser, danke!“

„Du machst mir doch jetzt keine Liebeserklärung, oder?“

Markus wurde rot. Er sah sie an, dann auf den Boden.

„Ich meine, weil du eben vor dem Klo gesagt hast …“

Tina lachte laut auf. „Vor welchem Klo? Markus, ich glaube, du hast Fieber. Geh mal zum Schiffsarzt!“

In diesem Moment bemerkte Kathi Gregor und Helmes, die auf der Plane eines Rettungsbootes saßen und sich vor Lachen bogen. Sofort war Kathi klar: Hier hatte Gregor seine Hände im Spiel.

„Dieses heimtückische kleine Gespenst“, dachte sie. Kathi wusste zwar nicht, wie er es angestellt hatte, aber Markus dachte offensichtlich, Tina fände ihn nett. Und das konnte nur ein Einfall von Gregor sein.

„Aber du hast doch gemeint, du magst mich“, sagte Markus kläglich.

Kathi wurde wütend. Gregor war zu weit gegangen. Was für ein blöder Scherz.

„Das hab’ ich nie gesagt, Markus. Du hast irgendwelche Erscheinungen.“ Tina lachte.

Kathi konnte im Blick ihrer Freundin nun auch Mitgefühl erkennen. Sie sprach eigentlich noch sehr nett mit Markus, wenn man bedachte, wie blöd sie ihn sonst fand.
Gregor hatte sich auf den Rücken fallen lassen und trommelte mit seinen kleinen Fäusten auf seinem Bauch. Er hatte offensichtlich einen Riesenspaß.
Kathi näherte sich den beiden Gespenstern, ohne dass Tina und Markus sie bemerkten, und zischte: „Gregor, was ist das für ein Blödsinn?"
Die beiden Gespenster schreckten auf.
„Das war großer Mist, Gregor!", schimpfte sie flüsternd.
Das kleine Gespenst schaute sie unsicher an.
„Wie kannst du die beiden in eine solch peinliche Situation bringen?"
„Ich hab doch nur einen Spaß gemacht."
„Man darf mit den Gefühlen der Menschen nicht spielen!" Kathi war zornig.
Gregor runzelte die kleine Gespensterstirn und sagte dann: „Wenn ich es richtig sehe, ist es dir zu verdanken, dass Mona denkt, Wilhelm sei ein Schauspieler. Damit hast du dafür gesorgt, dass der Graf immer noch den Eindruck hat, Mona liebe ihn." Er machte eine Pause. „Da hast du auch mit den Gefühlen des Grafen gespielt."
Kathi stand der Mund auf. Gregor hatte natürlich Recht. Was war nur in sie gefahren? Irgendwann würde der alte Wilhelm kapieren, dass alles nur ein Spiel gewesen war

und tieftraurig sein. Und sie war schuld, weil sie alles noch schlimmer gemacht hatte.
Wortlos drehte sie sich um und wollte gehen, als sie Tina hörte, wie sie zu Markus sagte:
„Nix für ungut! Ich sag's auch nicht den anderen!“ Und als Markus mit hängendem Kopf vor ihr stand, meinte sie noch: „Ich hab' gedacht, du liebst nur Fußball!“ Dann lächelte sie Markus an. Der schaute auf und lächelte zurück.

Kathi stand mit hängenden Armen vor Thorsten, der nicht wusste, was er tun sollte. So hatte er Kathi selten gesehen. Kurz fasste er sie am Arm und sagte: „Komm, wir können sicher alles wieder in Ordnung bringen.“ Dann gingen sie nebeneinander zurück zum Restaurant.
Schon von weitem hörten sie die erhobene Stimme des alten Grafen. Sie bogen um die Ecke und schauten in den Saal. Sie wollten ihren Augen nicht trauen. Wilhelm von Wiesenfeld stand auf dem Tisch, an dem er eben noch gesessen hatte. Er fuchtelte wild mit seinen Armen, während er zu den Kindern und Erwachsenen sprach, die um ihn herumstanden:
„... ein schrecklicher Ritter, mit einem Schwert, so groß wie ein halber Mann, preschte auf seinem Rappen auf mich zu. Ruhig erwartete ich seinen Angriff. Ich schaute durch die Schlitze seines Helmes genau in seine Augen. Ich wusste, die Lider würden zucken, wenn er zum

Schlag ausholte. Und da! Ich duckte mich im letzten Moment, schleuderte …"

Der Bordlautsprecher unterbrach ihn: „Die Passagiere der MS Diana werden gebeten, sich zum Verlassen des Schiffes bereitzumachen. Bitte begeben Sie sich zu den Ausgängen. Die Mannschaft der MS Diana wünscht Ihnen weiterhin eine gute Reise!"

„Tja", sagte der Graf und stieg vorsichtig vom Tisch. Die Zuhörer murrten. Sie hätten Wilhelm von Wiesenfeld wohl noch gerne weiter zugehört.

Kathi und Thorsten hatten sich zu Jan gesellt.

„Wenn man dich mal ein paar Minuten mit dem Grafen alleine lässt, dann ist die Katastrophe nicht mehr weit!", sagte Kathi vorwurfsvoll.

„Ich weiß gar nicht, was ihr habt. Da oben konnte er keine Liebesschwüre an Mona richten und alle halten ihn für einen Schauspieler oder Spinner oder sogar für alles beide."

Und das war ihre Schuld, dachte Kathi. Was sollte sie nur zum alten Wilhelm sagen? Und was zu Mona? Die hatte sie schließlich auch belogen. Sie seufzte. Manchmal will man etwas gut machen und macht es dadurch erst richtig schlimm.

41. Kapitel

Keine Lügen mehr

Die Klasse hatte den Anschlusszug in Calais noch rechtzeitig erreicht und alle dösten müde in ihren Sitzen, während langsam die Sonne aufging. In wenigen Stunden würde die Klassenfahrt zu Ende sein.
Kathi, Tina, Thorsten, Jan, Mona und Graf Wiesenfeld saßen alle wieder zusammen in einem Abteil. Mona war an der Schulter des alten Wilhelm eingeschlafen. Etwas von der Schminke auf ihrem Gesicht hatte auf sein weißes Hemd abgefärbt. Er schaute auf Mona hinab und lächelte selig.
Thorsten hatte inzwischen flüsternd berichtet, was der Graf von dem angeblichen König von Germanien erfahren hatte, und er hörte von Kathi, warum Mona den alten Wilhelm für einen Schauspieler hielt.
Gregor hockte auf der Gepäckstange und schaute aus dem Fenster.
Kathi dachte nach: Es war ihre Aufgabe, dieses ganze Durcheinander in Ordnung zu bringen. Dazu musste sie mit dem Grafen reden. Aber was sollte sie ihm sagen? Womöglich die Wahrheit, dass Mona ihn nicht liebte? Und wie sagte man so was? Kathi seufzte und starrte aus dem Fenster.

Es war sicherlich eine weitere Stunde vergangen und Mona hatte sich kaum bewegt.

Kathi hielt das Schweigen nicht mehr aus. „Herr Graf", flüsterte sie.
Sehr vorsichtig, um Mona nicht durch seine Bewegung zu wecken, wandte sich Wilhelm ihr zu. Er blickte sie fragend an.
„Herr Graf, ich muss Ihnen unbedingt etwas sagen!"
Er hob die Augenbrauen. Sie schaffte es nicht, sie schaffte es einfach nicht. Verzweifelt schaute sie hinüber zu Thorsten. Sein Blick schien sagen zu wollen: Ich kann dir nicht helfen.
Plötzlich schwebte Gregor hinunter zu ihnen, setzte sich auf Kathis Schoß und sagte zu dem Grafen: „Was Kathi sich nicht traut zu sagen, ist, dass Mona Sie sehr gern hat, aber einem anderen versprochen ist."
„Wie bitte?", stöhnte der Graf auf.
Das war doch schon wieder eine Lüge, dachte Kathi.
Der Graf schaute statt einer Antwort auf die schlafende Mona und streichelte ihr vorsichtig über das Haar.
„Aber Sie können sich Monas Not vorstellen, Graf", fuhr Gregor fort. „Sie hat Ihnen ihre Liebe gestanden, aber sie ist nicht frei für Sie. Und sie sieht, wie Sie Pläne für eine gemeinsame Zukunft schmieden."
„Aber warum hat sie mir das nicht gesagt?", fragte er heiser. Sein Gesichtsausdruck war kläglich.
Kathi ahnte, was in dem Grafen vorging. Und sie begriff, was Gregor ihm klarzumachen versuchte: Er sollte Mona sagen, dass er ohne sie auf seinem Schloss leben würde, damit sie ihm nicht beichten musste, dass es für

sie ja gar nicht möglich war. Ein Graf musste sich so verhalten, rücksichtsvoll und ehrenhaft.
„Wer ist denn der Mann, dem sie versprochen ist?"
„Kathis Onkel", antwortete Gregor.
„Der Mann in der Galerie!", stöhnte der Graf auf.

Plötzlich konnte es Kathi nicht mehr aushalten. Gregor hatte schon wieder eine Lügengeschichte erfunden, nur damit sich keiner verletzt fühlte. Sie sah den Grafen, der sich schon überlegte, welche Lüge er Mona auftischen könnte, vielleicht, warum sie nicht mit auf sein Schloss könne. Das war doch alles nicht richtig.
„Die Liebeserklärung war gar nicht für Sie!", schrie sie heraus und in diesem Moment wurde Mona wach.
Gregor reckte hilflos die kleinen Ärmchen zum Himmel und verschwand blitzschnell auf die Gepäckablage hinter den Taschen.
Kathi wäre am liebsten aus dem Abteil gelaufen. Ihr Herz schlug, als wolle es jeden Moment platzen.
Der Graf blickte Kathi lange in die Augen, dann sagte er ganz ruhig: „Sie hat deinen Onkel gemeint mit der Liebeserklärung, nicht wahr?"
Kathi nickte.
Mona richtete sich auf und versuchte, mit den Fingern ihre leicht zerdrückte Frisur zu richten. Der Graf drehte sich zu ihr um und sagte zur Überraschung aller: „Ich habe Ihnen meine Freiheit zu verdanken, verehrte Mona. Ich stehe tief in Ihrer Schuld."

Mona runzelte die Stirn. „Sie sind einfach süß, Graf. Auch wenn ich nicht alles verstehe, was Sie sagen."
„Sie haben mir meine Freiheit wiedergegeben!"
„Echt? Tja, gern geschehen", antwortete Mona.
„Arme Mona", dachte Kathi und musste grinsen. Was hatte die Freundin ihres Onkels nicht alles erlebt? Sie hatte Meeresgeister gesehen, aber keiner hatte ihr geglaubt. Sie hatte einem Lehrer ein bisschen den Kopf verdreht, ohne es zu wollen. Und sie hatte einen Grafen aus einem Bild befreit, ohne es zu merken.

Kathi schaute hinüber zu Thorsten und ihre Blicke begegneten sich. Sie spürte, dass er verstand, warum sie die Wahrheit hatte sagen müssen. Sie lächelte ihn an und er lächelte zurück. Es war ein schöner Moment, wenn sich dadurch auch nicht ihr Herz beruhigte.

42. Kapitel

Nichts Besonderes

Als sie in den Bahnhof einfuhren, sahen sie schon die Eltern auf dem Bahnsteig stehen und winken. Mona war inzwischen wieder in Bernds Abteil zurückgegangen und nun konnten sie sich alle von Gregor verabschieden. Er wollte zurück ins Schlossmuseum. Und Wilhelm würde ihn begleiten.

Der Zug hielt an. Alle drängten durch die schmalen Waggontüren nach draußen und standen um den alten Grafen herum. Mona stellte sich vor ihm auf und sagte: „Tschüss, Herr Graf." Dabei machte sie einen Knicks und hielt ihm die Hand hin. Der ergriff sie und drückte lächelnd einen Kuss darauf.
„Leben Sie wohl", entgegnete Wilhelm von Wiesenfeld mit sanfter Stimme.
In diesem Moment trat Bernd hinzu und legte den Arm um Monas Schulter. Sie lächelte Kathis Onkel an.
„Na, wo geht's denn jetzt hin?", fragte er den Grafen.
„Dorthin, wo ich hingehöre", antwortete er vielsagend.
Kathi vernahm eine vertraute Stimme: „Wie wär's mal mit einer Begrüßung?" Ihre Mutter kam humpelnd und auf Krücken auf sie zu.
„Mama!", rief Kathi und warf sich ihr an den Hals. Wie gut und vertraut sich das anfühlte.
Herr Sennefeld tauchte aus dem Gewusel von Kindern,

Eltern und Taschen auf. „Hallo, Frau Schroeren. Wie geht's Ihrem Bein?"
„Ach, bald kann ich wieder auf den Schränken putzen."
Alle lachten. „Hat's denn geklappt mit meinem kleinen Bruder?"

Herr Sennefeld brauchte einen Augenblick, bis er begriffen hatte, dass Bernd gemeint war. Er nickte: „Mona und Bernd sind ein gutes Paar."
Kathi schaute ihren Lehrer an und spürte, er hatte es anders gemeint, als ihre Mutter es verstand.
„Ihre Tochter ist in London eine Heldin!", meinte er nun.
„Wie bitte?"
Plötzlich ertönte eine Durchsage: „Graf Wilhelm von Wiesenfeld der Dritte aus dem Hause derer von Niederfahrenhorst auf Schloss Pappenstiel wird gebeten, zum Ausgang zu kommen. Die Kutsche wartet!"
Das war wohl vorläufig Gregors letzter Scherz, den sie mitbekommen würden, dachte Kathi.
Alle schauten den alten Wilhelm an.
„Oh", sagte der, „ich muss gehen. Es war mir eine Freude, mit Ihnen allen zu reisen."
Die Kinder redeten durcheinander auf ihn ein. Plötzlich wandte sich der Graf Markus zu, schaute ihn an und sagte: „Ich habe noch ein kleines Geschenk für den jungen Herrn!" Er löste den Gürtel, an dem die Scheide mit dem Degen befestigt war, und hielt ihn Markus hin.
Der rührte sich gar nicht.
„Markus, halte deine Patschhändchen auf!", sagte Tina.
Markus schaute auf. Tina strahlte ihn an.
„Kann das denn wahr sein?", dachte Kathi.
Markus nahm das Geschenk in die Hand und murmelte sichtlich ergriffen: „Danke!"

Graf Wiesenfeld lächelte und entfernte sich ohne ein weiteres Wort. Alle winkten ihm nach. Kathi verabschiedete sich von ihren Freunden und ging mit Mona, Bernd und ihrer Mutter zum Taxistand.

„Bis bald, Gregor!“, sagte Kathi lautlos, während sie aus dem Autofenster schaute. „Wann werde ich dich wohl wiedersehen? Und ich weiß immer noch nicht, ob Gespenster auch zur Toilette müssen.“

Ihre Gedanken wurden durch eine Frage ihrer Mutter unterbrochen: „Na, nun erzähl mal! Was habt ihr alles erlebt?“

Kathi schaute weiter aus dem Fenster und sagte dann zu ihrer Mutter, während sie die Schultern hochzog: „Ach, eigentlich nichts Besonderes!“

Englisch-deutsche Übersetzungen

S. 61	„Yes, please?"	„Ja, bitte?"
S. 86	„A supermarket?"	„Ein Supermarkt?"
S. 86	„I need oranges, bloodoranges."	„Ich brauche Orangen, Blutorangen."
S. 86	„Ah, you're hungry."	„Ah, du bist hungrig."
S. 86	„I have only got an apple."	„Ich habe nur einen Apfel."
S. 86	„Do you want it?"	„Möchtest du ihn haben?"
S. 86	„No … oranges in a supermarket."	„Nein … Orangen in einem Supermarkt."
S. 86	„Thank you!"	„Danke!"
S. 109	„Get out!"	„Raus!"
S. 134	„Well done!"	„Gut gemacht!"
S. 139	„Crazy!"	„Verrückt!"
S. 139	„Modern Art!"	„Moderne Kunst!"
S. 157	„Come to London!"	„Komm nach London!"
S. 157	sale	Ausverkauf
S. 157	„May I help you?"	„Kann ich Ihnen helfen?"

Guido Kasmann
1959 in Köln geboren, hat zum Schreiben durch seine Kinder gefunden, denen er früher abends am Bett selbst erfundene Geschichten erzählte. Irgendwann begann er, sie aufzuschreiben.

Guido Kasmann hat zwei Kinder und lebt in Niederkrüchten am Niederrhein. Er war Grundschullehrer und am Studienseminar für die Primarstufe für die Ausbildung im Fach Musik zuständig.
In seiner Freizeit macht er Musik, liest und unternimmt Ausflüge in die Natur.

Wenn er gefragt wird, warum er für Kinder schreibt, sagt er: „Alles in mir und an mir ist erwachsener oder einfach älter geworden, nur ein Teil meiner Fantasie nicht – und der erzählt mir meine Geschichten."

Gundra Kucy ist gebürtige Dresdnerin, wuchs aber in Schleswig-Holstein auf. Sie besuchte eine Kunstschule in Hamburg, wo sie Grafik studierte. Gundra Kucy illustriert „schon ewig" Kinderbücher. Es begann mit „Gute-Nacht-Geschichten" für ihre Tochter Joanna, die sie dann auch niederschrieb.

Seitdem hat sie nun schon etliche Kinder-, Jugend- und Schulbücher illustriert. Die meisten davon für einen Verlag in Kanada, wo sie mit ihrem kanadischen Mann in Edmonton lebt.
Nun folgt sie der „Musik ihres Herzens" als Freiberufliche, indem sie illustriert, schreibt und malt, wenn sie nicht gerade draußen zwischen ihren geliebten Blumen herumwerkelt.